一个中年人决定出逃

张畅 著

九州出版社

我们的生活已经没有乐趣了，他最近开始反复地这么说。然后我会出言反对（我们不是做了这件事吗，我们不是做了那件事吗），但我其实明白他想说的是什么意思。他指的是不因为他人的期望，不因为惯性的力量，也不因为身上的责任，而是因为自身的欲求去做某件事情。他指的是欲求。他指的是生活。

《奇想之年》，琼·狄迪恩（Joan Didion）

不知未来的年轻人，将生活视同于史诗中的历险，一次奥德修斯之旅，穿过陌生的汪洋与无名的岛屿，其间他将会试炼并证明自己的力量，从而发现自己有不死之身。

中年人活过了自己一度梦想的未来，将生活视为一场悲剧；因为他懂得了无论自己力量多大，也敌不过偶然的势力与他名之为众神的自然规律，也懂得了自己终有一死。

《奥古斯都》，约翰·威廉斯（John Williams）

目 录

001　最后的信
027　升华
051　杀死松雪草
081　徐安娜
105　今天得好好过
131　一个中年人决定出逃
159　错换
187　爱与污秽
213　漂流
235　寻人启事
261　后记

最后的信

我该怎么和你解释发生的一切呢?

下午台风过境,尾巴扫过东南沿海的这座城市,街道和天空都变得面目模糊,雨点锤子一样砸在窗子上,好像积攒了整整一个夏天的愤怒都在那个午后轰然爆发。

一个星期前,我从网上得知你的拍卖行要来这里办展。在那则简短的新闻里,你的名字只出现了一次。我一眼就把它认了出来,心脏顿时狂跳起来,热血上涌。过去这么久,哪怕只是你的名字,平平无奇的两个字,就足以搅动我的平静。

临出门前我仔细检查过妆容,确认眼线的粗细、眼影的颜色,选了款不那么轻佻的口红色号,眉毛一根一根修剪过。我特地从衣柜里翻出我们最后一次见面时我穿的衬衫和纱裙,庄重地套在身上。雨点打下来的时候,我正在想象我们的重逢:人满为患的美术馆内,射灯打在你我身上,你和过去一样,得体地微笑，举止优雅，人群向你聚拢，将我们分隔。

那间美术馆修得低矮，比路面还矮了几公分，雨水沿着台阶灌进去，蓄了水的水泥地看过去亮汪汪。门口的安保人员对着大雨抽烟。门外排起一行行雨伞，我迅速瞄了一眼，看是否有一把黑色的直骨伞，香槟色的伞柄。并没有找到。

翘着脚尖走进去。第一个展厅内的画，都是西北镇子上的景象，卖炸糕和羊肉汤的小贩、赶集的农夫、路边哺乳的母亲、光屁股的小孩。笔法称不上多精良，在我们美术学院顶多算中等，但每个笔触却隔着纸面和画框玻璃一点点生长。二楼最里面的展厅循环播放一个二十分钟的纪录片，画面中的画家佝偻着腰，摆动细长的腿，顶着草帽在山水间跋涉，在太阳底下铺开阵仗作画。山野孤寂，小镇喧闹，他晴雨无阻，仿佛什么别的事都不在意。我盯着屏幕里在纸上游走的铅笔尖，有种闲庭信步的笃定。

从一楼爬到二楼，再从二楼下来，我一只眼睛看画，一只眼睛找你。几次想走到展台，和工作人员问起你，但终究不知道自己将以什么样的身份示人，又如何简短地解释我们之间的关系。我曾告诉自己，不要去管别人，那些眼光、评判、恶意都是暂时的，它们像一阵风一样短暂；要在乎你在乎的人、在乎的东西，人活一世，这样就够了。

窗外一声惊雷，鼓动耳膜。出现在新闻里那个搅动我的名字，那两个字，是你吗？

我是我们那届最好的学生，这你知道，不然也不会被选中参加那次酒会。我记得相当清楚，下课后，导师把我们几个叫过去，说周日的活动要选用我们几个人的作品，大概率可以赚上人生第一桶金。我们兴奋了一个下午加一个晚上。在校门口的烧烤摊，我们都喝得醉醺醺，周南把酒瓶子砸在马路上，说以后要证明给所有人看，我们的画不光能卖个好价钱，让家里人过上好日子，还能在美术史留下姓名。年轻的时候，人都容易对自己的价值有过高的估计，好像伸伸手踮起脚就可以够到永恒，日子是朝前一路狂奔的，只要速度够快、体力够好，就能抵达光荣的终点。我们唱着歌，在冷风中冻出了鼻涕，互相搀扶着走回宿舍。那天晚上，我梦见自己划着一艘小船，朝太阳的方向驶过去，万丈光芒将我吞没。

酒会不如想象美好。我们的画被混在上百件作品中间，由两个穿红绸裙的礼仪小姐展开，不到一两分钟就被人买走了，价格不高。买我画的人两只手都戴着翡翠手镯和金戒指，穿一件翻领貂绒，口红涂得刺眼。我怀疑她根本看不懂我画的是什么。

周南站在我旁边，厚厚的嘴唇紧抿着，小眼睛眯得更紧了，一头卷发在那样的场合看上去更凌乱了。我能听见他腹腔里不安的咕噜声，他重重地呼吸，像是在一口口叹着气。我不由得牵起他的手,在嘈杂的人群中,这是我们唯一能做的事。他也心照不宣地握紧我。

我们不是恋人。大一刚入学时他曾追求过我一个学期。我们什么都不懂,仓促接过一次吻,又觉得那一吻破坏了比爱情更重要的东西,于是只能假装什么都没有发生过,还像平常那样上同一门专业课、参加系里的活动、考试前一起去画室练笔。因为从小被父母保护得好,周南属于那种极纯真的小孩,表面活得粗糙,内心却比谁都细腻,敢把梦想这种虚无缥缈的事挂在心上。

前一晚我们分开时,其他人都走了,他故意走慢了些,转过身,郑重其事地站在我面前,两只手搭在我的肩膀上,身体前倾,我以为他要吻我,屏住呼吸等待着。他却摆出考试时才有的严肃表情,眉头紧锁,眼睛瞪得老大。他一字一顿地说:"姜可宁,以后你混出头了,千万不能把我忘了。"我一时间不知道说什么好,还像往常那样打趣道:"说什么呢,咱俩还是相忘于江湖吧。"他肩膀垂下来,表情复杂,转身离开了。我知道他不是在撒酒疯,他认真了。可我偏偏害怕有人对我太认真。

"姑娘,别垂头丧气的。"第一眼看见的你,端着盛红酒的高脚杯,穿一身贴合的西装,头发梳得齐齐整整,没有其他生意人的大肚腩,看人的眼神不乏真诚。"现实和理想就是这么回事,全中国画画好的人多了去了,但是能混上好生活的不多。你知道为什么吗?"你的指节修长,指缝干净,这是我注意到的第一件事。"因为艺术太强调自我,自我过盛的人很难快乐。学艺术学到疯魔代价实在太大。不成功可以,可别把自己给搭进去。"

那年我二十岁,父母和身边的朋友每天都在和我讲成绩,讲成功,讲怎么出人头地,赚钱养家,从来没人和我谈过快乐。你的话甫一出口,酒会上虚伪的古典乐从耳边消失,麦克风里主持人夸张的报价声骤然减弱,我仿佛置身于一片视野开阔的自由之地,挣脱了二十年来的禁锢、怀疑和胆怯,还有无休止的贬低。从出生起到考上美术学院,其间可曾有一件事是由我自己做主、遵循我的意愿做出的选择?我年复一年地练习,用疏疏密密的线条排满画纸,画枯燥的石膏像、机械的人体构造、根本没去过的风景,为考试题目绞尽脑汁,就是为了实现父母的期望。我早把自己给忘了,忘得干干净净。

所以当你那双极漂亮的手解开我的内衣时,我竟没有一点退缩,反而像是等待多年,终于等来了被召唤的使命。很多人喜欢将第一次描绘得慌乱不堪,如果叫我回忆的话,那一晚是你引导我,鼓励我,抚平我,最终释放了我。你的指尖游走在我身体上,在每一寸肌肤形成的颤栗几乎让我哭出声,我不得不在黑暗中闭紧嘴巴,不让你看到我的敏感和脆弱。后来我无数次回忆起那个夜晚,在生活的狭小缝隙里虔诚地摸索,却再也没能找回那种微妙的痛觉和快感。它像是一颗易燃爆炸物,倏地击中我,让我受困其中的钟形罩砰然炸裂,从此我不必隔着厚玻璃观看和感受,终于看清了周围的沃土和山野。

你知道吗,前段时间,她又来我的公寓楼下找我了。胡秦岚,你名义上的妻子,再次出现在我面前,像泄了气的皮球,被什么人踢烂了,在脚下碾碎,完全没了之前的傲慢劲儿。眼前这个和我纠缠了几个年头的女人,曾经如同骑士一般,横刀立马,一路尾随搬家的卡车找到我的新家,到我的工作室给我难堪,将咖啡泼在我新买的白衬衫上。

但是那天,她跑到我家楼底下,没化妆,没扑粉,腰间系着做饭的围裙,手里提着的硕大西瓜将她的整个身体拽向一侧。她看我时的眼神几近哀求。我以为她会掉几滴眼泪,说自己拉扯孩子多不容易,要么就是和过去一样,抡起西瓜砸向我。但她就那样站着,重复着同一句话:"不对,你骗我,那个人就是你。你到底把他藏在哪里了?你到底把他藏在哪里了?"

僵持了半小时,见我既没有应答,也没赶她走,她终于垂下眼帘,将西瓜丢在地上转身离开了。我内心升起一股莫名的情绪,不是获胜的快意,不是怜悯,而是某种和自己命运攸关的悲哀。平生第一次,我看她时内心没有轻蔑,更像在看另一个时空的自己。

在美术学院的四年,我每一天都在等待,具体在等什么,当时不甚清楚。你常常出现在宿舍几百米开外的那棵老槐树底下,像藏在黑暗中的一片影子。只要我下了课,踏上对面的石桥,或是从宿舍的阳台向下望,总能第一时间感觉到你的存在。我会飞奔过去,无视楼下接吻的男孩和女孩、宿管阿姨的责问,也不管刮风还是下雨,就那样无所顾忌地跑向你,哪怕我们相处的时间不过一晚。

你会带我去你城郊的画室。你说那是我们的专属之地,除了我们没人知道,这让我感到安全。那间画室飘着淡淡的桂花香,进门的书架上全是哲学和文学书。我问你为什么艺术类的书这么少,你笑说自己是踏进了万劫不复的陷阱,不小心把爱当成了事业。你说话时笑盈盈的,眼睛里漫漾着温存,我能想象你如果再年轻十岁会是什么样子。好就好在我喜欢的碰巧是这个年纪的你,从容安静,不需要像年轻的男孩子那样,为了证明自己,拼命得叫人心疼。于是在铺着毛毡的画案、沙发旁边那块棕色地毯、摇晃得厉害的窄床,我们紧贴在一起,跟着彼此的呼吸律动身体。交缠在一处时,思想是空的,没有哲学和文学,没有艺术与世俗,只有两具无所依凭的躯壳,周身盘绕着被时间吞噬的灭寂感。那时我才慢慢知道,女人一旦选择了,便会彻底地交付自己,哪怕只是一晚,从暗夜到天明的短短几个时辰，也会无所畏惧地选择在脆薄的碎冰上起舞。

贪欢过后，你要么酣然入梦（我常盯着你的睫毛，惊讶于男人能以多么快的速度自我修复），要么径直起身洗澡，穿戴整齐后离开（这让我无法克制地感到落寞）。我永远不知道你每天在忙什么。因为滔滔不绝的总是我——和你讲枯燥的专业课、看不惯的老师和同学、不能理解的艺术理论。而你从来不谈论你自己，你的一天是如何度过的，有没有遇见讨厌的人，经历了哪些烦心事。对于未来，你更是缄口不言。但我是如此相信你啊，我相信你会一直一直温柔下去，引领我去到想去的地方，不再受困于窘迫的现实。我从未和你提起过，母亲怎样从老家打来电话，催我给家里打钱，欠了一屁股债的父亲喝了酒在电话那头发了疯，对我破口大骂。对于我来说，剪不断理还乱的家族之耻，从根本上抹杀了作为一个人的我的存在。我替他们实现了他们的愿望，他们却过垮了自己的人生。

我每一天都在等待。后来我才渐渐知道自己在等什么——我在等你拯救我。

最终等来的却是我怀孕的消息。

当天下午，我决定出门找你，撞见你挽着她的手，在一家首饰店里挑选。第一眼看到她，我笑了出来，她既不美也算不上年轻，只是普普通通的一个女人，头发在脑后束成一股辫子，穿一件紧身的黑色上衣、一条洗皱了的牛仔裤。你们说话的样子不像夫妻，倒像是多年的旧友，和和气气。我注意到她的小腹在黑色上衣底下微微凸起，不是怀孕，而是生过孩子之后松掉的肚皮。我妈妈的体型就是这样，生完我之后，一辈子都没能恢复。你们买了一条银色的吊坠，你替她戴好，那双抚摸过我的手揽过她的肩膀，竟也如此自然。

回忆起来，我当时直愣愣站在原地，没有愤怒或痛苦，也没有想上前质问的意思。我的想法匪夷所思，满脑子都是如何装作一无所知，好让生活照原样继续下去。我依然可以不回寝室，而是待在盈满桂花香气的画室，我们的专属之地，探索彼此的身体。我们可以继续在深夜去你的私人餐厅，主厨会为你挂上歇业的招牌，然后将当天从日本运送过来的刺身和生鱼精心加工好，端到我们面前。我尤其喜欢和你走在街上，你不会像大多数情侣那样毫无顾虑地相拥，而是会小心地牵起我的一根手指，在有人经过时迅速松开。我认为那是一种为对方保守秘密的默契。

周南察觉到了我的反常。那次拍卖会之后他几次想约我聊聊，都被我以各种理由推脱了。以他对我的了解，只需要聊上三分钟就能看出端倪。我无法直视他的眼睛，听不进他的长远规划。那时我全部的身心都已投入到你身上，任何别的事都不能让我打起精神。画练得少了，系里活动也几乎不参加，和室友的关系降至冰点。她们到处散播我的消息，说我一连几晚夜不归宿，肯定是被人包养了。自从认识了你，我和同龄人之间裂开了一道沟谷，我不再费心经营同他们的关系，对聚餐时谈到的话题（无非是工作机会和专业课成绩）也兴致缺缺。

我得知自己怀孕那天，周南鬼使神差打来电话，说晚上想请我看场电影，有话需要和我当面说。我多想第一时间和你分享喜悦，不想被别的事打断，相当敷衍地挂了电话。这是我最最后悔的一件事——为了一个人，一个突然出现的男人，我几乎搭上了全部，甚至不惜牺牲掉从前最珍视的友谊。或者说，我一面沉溺在爱情中，一面不再对某种朦胧的情感怀有渴望。所以我始终弄不明白，你究竟是为我创造了爱情，还是杀死了我的爱情。

我腹中怀着我们的新生命，兴冲冲地出现在你面前，语无伦次地告知你。我当然也想到了你的妻儿、我的未来，但我几乎确凿无疑，你会接纳我还有我们的孩子，哪怕不给我们名分。

"你确定吗？"你沉吟片刻，在画室里来回踱步。"如果，我是说如果，我们都有各自的生活，都有对方不了解的一面，你觉得怎么样？"我记得你这样问。

"我想知道，想了解你。别的我不在乎。"我说。

自那之后，我每一天都在等待，等待幕布徐徐拉开、我们对视的这一刻。可是你只是苦涩地笑着，好像被孩子沿街索要玩具的家长，露出苛责和难为情的神色。

我想我大约猜到答案了。

毕业前夕，作为和美院油画系长期合作的品牌方代表受邀演讲，和过去一样，落落大方地谈起艺术和人生。你说，不要将创造艺术的人和作品里的角色混为一谈，他们原本就是不同的人。我身边的同学仰望舞台中央的你，像在眺望遥不可及的灯塔。只有周南低着头，手机屏幕的光照在他不动声色的脸上。自从那次我挂掉电话，他再没和我提起过他究竟想当面和我说什么。就像那个潦草的吻，我们永远都没有机会再深究了。活动结束，你在掌声中走下舞台，他突然和我说，以后也想做艺术拍卖、兼职搞搞创作，偶尔接个演讲、讲座，赚个盆满钵满，"像他这种人，才配过人的日子，配喜欢自己爱的人吧"。他沮丧得快要睁不开眼，并没有参加之后的聚餐。

时间真奇妙，四年过去，他就不再是那个往马路上摔酒瓶、嚷嚷自己能成为一个了不起的艺术家的周南了。正如我也不会因为一幅作品被选上就彻夜失眠、兴奋莫名。对生活里所有的可能性，我们都选择视而不见，这样才能换来片刻的心安理得。没有人质问意义，那毕竟虚无缥缈，我们更在意能踏踏实实攥在手里的东西。

那晚你找来，依然是在老地方，我没能辨认出那团影子。你叫住我，避开校园里的人群，走进草坪深处。"我送你去美国吧。"你挠着头说,仿佛在解决一件极为棘手的事,"对你对我都好。"

"我知道你有家,你有你想要的生活。我不想夺走你的那些,我们维持现状就够了。"我急切地说。

你看我的神情,用什么词语形容呢?凄凉。对,就是凄凉。好像所有的错都不是由你酿成的,你只是无关痛痒的生活的承担者。"过去咱们不提了,以后孩子的抚养费我出。去美国吧,我联系好了一家纽约的艺术画廊,我和他们中国区的代理人是朋友。"你一口气说完。剩下只有静默。

小时候经常听母亲说起男人的懦弱,说他们被欲念驱使,惹是生非,再拿自由作幌子,拍拍屁股一走了之。有些道理听过千遍万遍,若非亲身经历过,是断然不会懂的。我错了,错在把未来和情欲一股脑儿系在别人身上,自己则直直倒下去,如同一块速朽的老木头,随水波漂流。

"你不是一直想去美国深造吗?如果想继续读书,我可以帮你找留学中介,有个朋友刚好在伊利诺伊大学香槟分校的艺术学院。多好的机会。"你的语速明显加快了。

我很庆幸自己什么都没说。我含着泪,不顾你的请求,回身离开。

那是我最后一次见你。

打掉了孩子，确切地说是打掉了未成人形的胚胎，我成了一个被填满又被掏空的人，不时会错觉肚子里还有个生命。白天，没来由地哭泣、暴怒，沦为情绪的附属品。夜里偶尔想到死，觉得那比活着还堂堂正正、顺理成章。

天气转冷，租来的房间暖气时有时无，合租的女孩彻夜打游戏，我生活的背景音变成了键盘的咔哒声和阵阵叫好声。月经变得不规律，我怀疑肚子里有什么东西被落下了，所以才时常抽痛，走路走到一半不得不蹲下来等疼痛消失。我拖着虚弱的身体投简历、找工作、面试，强打起精神生活。只要有余富的钱就寄给家里，不断告诉自己世间就没有所谓的穷途末路。

但很快我就没钱了。找工作的空当，我带几张画纸，几支削好的铅笔和画夹，搬个马扎到人流量最大的公园给人画像。画像的人也有圈子，领头的是六十几岁的郭大爷，退休后重操旧业，重新用上了年轻时给艺术家做学徒的本事，一张八十块，是所有人中价码最高的。食物链底端的小伍看上去不过十六七岁，机动灵活，靠嘴甜揽活，揽得太多惹了众怒就将几个生意让出去。听人说他曾失手把同村的一个孩子打死了，因为年少关了几年又放出来。蹲过监狱的留了案底，没人稀罕，找不到别的营生，只得靠画画这手艺养活自己。还有一个人不太爱说话，不知道姓甚名谁，大家都叫他大手。说是因为生了什么病，一只手肿胀得格外大，但不耽误拿画笔，没正经学过画,线条却勾得极好。

我被叫成"宁妹子",混在他们中间,画一张四十,好在基础好,速度快,生意好的时候一天也能赚个三五百。我坐在城墙根画画的时候,没有人问我是谁,为什么到这里来,他们只图个乐呵,坐下来等我画完,交钱走人。我画过的脸,有的开心,有的懵懂,有的平静,有的冷漠,没有一张麻木的脸。透过画夹上方看他们,一张张面孔总能在视线交会时摆出最和善的表情。久而久之,我开始观察他们,猜测他们的职业和生活。

奇怪的事发生了。画到那个少年的眉毛时,我铅笔的笔芯崩断了(以我的运笔习惯,从不会发生这样的事)。我俯身换笔,继续,从画夹上方,恍惚间竟看见了你的脸。我仔细端详那张自信的脸,目光澄亮,毫不闪躲。紧接着她出现了。一眼看去就是精心打扮过,长发高高盘起,额前的几缕头发烫过卷,红色的连衣裙在人群中相当扎眼。逆着阳光偷偷瞄她,不得不承认,轮廓很美。她大概注意到我在看她,朝我走过来,挡住了我眼前的光。

"画得不错,"她凑过来上下打量几下,我和我的画。

"做家教吗?"嗓音有点沙哑,但不蛮横。

因为不喜欢被望子成龙的家长"绑架",大学时尝试过一次家教就放弃了。但在找到工作之前,我的确需要一笔钱交房租和贴补家用。她留了电话，说这周有空可以去她家一趟，"小龙一直都想学，"原来他叫小龙，"他爸爸也画，但没时间教。他天赋不错的，不信到时候给你看看他的画。"我们谈拢了价钱，一节课两百。看着他们娘俩在人群中走远，我突然有一种被惩罚的罪恶感。

隔天我出现在你家门口，身体不由自主地颤抖，一度想转身逃跑。四年，你像一个来无影去无踪的过客，带我游走在两种迥异的生活边缘，一种是无需考虑生计的大学生活，另一种是情欲纷纷的花花世界，直到你提出送我去美国，直到你无声无息消失。独自挨过漫漫长夜的时日，我都在反复告诫自己彻底远离你。那感觉大概像戒一种毒，再度尝试就意味着危险降临、变本加厉。

门开了，多么有烟火气的家，是我所认识的你的反面。

开放式厨房擦得一尘不染，调料瓶码得整整齐齐。衣帽间没有一件随意摆放的衣服。客厅的沙发背后挂着一大幅你画的油画，黯淡的脸孔不辨男女，模糊的边缘细看有悉心处理过的痕迹，明亮的底色在眼前左冲右突，沿画框倾泻而出，只将那个寂寥的身影留在画幅中央。绝顶的孤独，向来不是黑暗对黑暗，而是在光明的氛围里，自己毫无保留地暗淡下去。你从未和我谈起过你的家，你的妻子，你的孩子，但奇怪的是，知晓真相那一刻并不使我惊奇。不是我假意宽容，而是自然地认为这和欺骗无关。

不知道你有没有在纽约看过一部叫《不眠之夜》的沉浸式戏剧。在那幢古老的建筑里，你头戴面具，不能交谈，不能暴露身份。你闯进每一处场景，看着男男女女爱恨纠葛，生生死死。他们忘情地用肢体表达自己，丝毫不顾及周围的观众看得一头雾水。我尝试过，无论你在几层楼中间跑得多快，都跟不上剧情发展。你一次次被抛在演员身后，至多看得全剧情的一个侧面，只是侧面而已。等到谢幕时，你还一肚子狐疑地猜测到底发生了什么，有的人死了，有的人疯了，但故事已经结束。你不得不摘下面具，离场，进入白昼，重返生活。

朋友推荐给我这部戏时，我还没遇见你，也没尝过哪怕生活的一角苦涩。我在视野不明的布景中间奔跑，最终气急败坏，没能看懂。多年后我终于明白，这是一个与哲学有关的命题。犹如在你离开后，我看得更清晰了，因为两个沉溺于爱意的人，向来看不清也不想看清周遭。我只是你生活的一个侧面，于是也只看清了你的一个侧面。我是这样理解的。

房间里，淡淡的桂花香似有还无。你的儿子望向我，两只手不自然地扭在一起。你成为他的父亲，差不多就是我现在的年纪，可我却没有资格成为母亲。我看着他，这样想。他的画和你的不一样，他画里没有绝望和孤独，有的是渴望给人拥抱的温热感，让我想起最初学画时的自己，深切地爱这个世界，并极度渴求被这世界深爱。"他画得太好了，我怕自己教坏了他。"我故作冷静地说，半真半假。

"是他自己想学，万一以后也走艺术这条路，还需要人指导。"她切了半盘苹果，放在我面前的茶几上。又冲泡了一壶茶，娴熟地往茶杯里倒上七分满的茶水，端到我面前。在某些方面，和她在一起，我更像是对生活一无所知的懵懂少年。

我答应了。一周一次课，上了一个月。我练就了一个本领：在走进你家之前，将脑中的所有杂念清空，说服自己在扮演另一个人。我成功了一半，至少在你的孩子看来的确是这样。他看我的眼神从最初的冷漠，到温顺，再到崇拜，我记得那样的眼神，和我当年看你时一模一样。每次从你家回来之后，我都会浑身发冷，好一会儿才能平复下来。与其说我害怕那里，不如说我怕在那里遇到你。那场面将无法收拾。

月底结算薪酬，她将我叫到衣帽间，从身后关了上门。

"我认得你。"她从墙上挂着的包里拿出一个旧手机，在我面前晃了晃，"我随身带着，时不时拿出来看看。我只想找到这个人，当面问问她为什么。"她那时远未丧失理智，还坚定地认为你会回去找她。也是在那天，我得知了你失踪的消息。

我做好了被质询和羞辱的准备，接过手机后小心翼翼看向屏幕。我的手开始发抖，越竭力遏制手就抖得越厉害。

那之后的很多年，当我在她的围追堵截中回忆这戏剧性的一刻,都觉得自己是在替别的人,还一笔永无可能偿还的债。

"你说你不是那种吝啬的男人,一生只能把全部的爱给一个人,你说这话的时候总像在开玩笑,但我清楚,这是我们得以相爱的根本原因,不然你将如何从婚姻和家庭里脱身,在我这里宣泄掉所有压力?你常和我谈你买的股票和篮球赛,眼睛里发着光。我假装认真听,其实脑子里想的是:男人真是永远长不大的生物啊。我不在乎你的股票赚了多少,最喜欢的球员又拿下多少分,那些通通和我无关。我在意的是,你肯和我聊自己,把我也算进你生活的一部分。"

"昨天你来找我,吞吞吐吐地说起钱,说自己无力周转,贷款批不下来,拍卖行经营不下去了。我几乎毫不犹豫给你打了钱,虽然知道你有妻子,有孩子,有生活要顾,有事业要管,但我乐意成为你的树洞,你的峡谷,你抛下所有烦忧奔赴的此处。只因为你在我最困顿的时候,从我丈夫的魔爪里救下我,给了我容身之所。你飘满花香的画室真让我心神安宁。从今以后,也请把我当作你的容身之所吧。"

"又度过了值得好好记住的一晚。你的拍卖行活了,人也留住了,但你像是死过一次,整个人枯萎下去。我问你怎么了，你不说话，只是哭。这是我第一次见你嚎啕大哭。你一哭，我也忍不住哭起来。两个矫情的成年人把自己喝到烂醉，迎接他们的恐怕只有不堪。我何尝不想让你开口许诺，但那样有违初衷。"

"记得我们第一次见面时，你在剧院的侧台捧着一束花，愚钝地杵在那里，我穿着舞裙，在观众的欢呼声中走下舞台，幕布拉上，做回自己。你还记得你对我说了什么吗？你说：希望我能一直轻盈地跳下去，不要管其他。我知道，只有不管其他，我们才能好好见面。"

"我做到了，捧回了金色的奖杯。如你所愿，我让自己贪婪地沉浸在音乐和节拍中，完全没去管评委挑剔的眼光、观众的反应，甚至也没管你是不是如常在侧台等我。在那束追光底下，我跳了自己最爱的舞。音乐抵达高潮时，我仿佛也溶解在一片极致的欢愉之中。你说艺术就是这样，当人忘掉自我时，才能真正享受它，逼近它的真谛。音乐结束，剧场似一场空无的梦境，静默许久，才响起掌声。那段空白是给你的。谢谢你。"

"最近喜欢琢磨，人，为什么会在爱里彼此消磨？为什么无论如何也不能放下执念，过更自由的生活？我身边的人每天都在争抢舞台中央的那个位置，暗中较劲谁签了更好的舞团，上了更有知名度的节目，谁的粉丝数又涨了，谁的出镜场次更多，谁的身价更高。他们这样比较着。退回到生活里，比的标准就更难以衡量：谁嫁给了有钱人，谁住进了更宽敞的房子，谁的父母在关键时候更能借上力。我常常不自觉地陷入种种比较之中，想抽身出来却无比困难。

只有和你在一起的时候，我才会忘记这些，好像我又是一个完整的、磊落的人了。在世俗的眼光里，我们是会被践踏到泥土里的人吧，我就是那个千夫所指、背负骂名的对象吧。可若等到哪一天，我们彼此厌倦了，觉得可以终结了，干干脆脆转身离开，我也不会有任何悔意。希望你也一样。"

"我在等你。不必久留，只一面即可。请回答我。"

"你真的走了吗？"

这不是我！

我脑袋里像是被什么东西撞击了一下，几乎站不稳。她看我脸色发白，嘴唇也失去了血色，脸上浮现的神态混杂着愤怒、不解和将信将疑的落寞。

"这不是我写的邮件。"

"不是你？我见你第一面就知道你和他有事。你身上有他的气息，我嗅觉一向敏锐，你骗不了我的。"

"真不是我，我不会跳舞，从来没拿过什么奖。"

"那你为什么会出现在我家楼下的公园里？我很早之前就观察过你，你从来不急着做生意，也不和人家讲话，画画的时候心不在焉。给小龙画像的时候，你一直很慌张，我没说错吧？"

冥冥之中我被一连串的偶然推到了悬崖边上。是时候离开了。

"你自以为了解他吧。"她侧过身，堵住门，"女人都是这样，自以为了解一个男人，用自己的方式把他宠上天，然后偷偷等他回馈。最后得了什么呢？"我感到呼吸困难，衣帽间不大，混杂着香水和皮革的气味。她没有放过我的意思。"我们刚结婚的时候，他除了一箱子旧衣服，什么都没有。你都想象不到吧？一年夏天，洪水把他家的旧瓦房卷跑了，我陪他回去，他蹲在泥地里失神落魄，哭都哭不出来。你肯定没见过他那个样子。最后是我靠一份工作，单凭蛮力把他捞回来，养活孩子，撑起这个家。他把闪光的一面都给了外人，我是替他收拾残局的那个人。"

"你不用这样。"

"家务做到崩溃、孩子顾不过来的时候,我也问自己为什么这样。我没做错什么,为什么偏偏这样?后来我想通了,就是因为没做错什么,才变成这样。"她的眼睛是苍老的,近看像是受尽了时间的折磨。

"他失踪了。快两个月了。"

"什么叫失踪了?"

"手机丢在家里,除了穿走一双运动鞋,一套棒球衣,什么都没带,皮夹、银行卡、钥匙也没拿。我翻了他手机里的通讯录,一个人也不认识。报了警,警察上门调查了一番。"

"然后呢?"

她摇头,然后死死盯住我。我懵了。过去这段时间,我努力摆脱你在我身上留下的痕迹。破天荒开始买菜,学习烹饪,每天花两三个小时研究新菜品,换回自己的口味。除了教学和谋生需要,我不再作画,因为只要拿起笔,眼前就会出现你品评画作的样子。面试时被问及大学对自己影响最深的事,我第一时间想起的是你教会我什么是荒诞幽默,什么是冷峻炽烈,何时借助色彩和线条的技巧做个旁观者,何时又将自己交融其间。每晚我强迫自己快速入睡,断绝梦境,频繁更新社交网络的状态。我刻意展现快乐和成功,与其说是为了更快地自我修复,不如说是潜意识里认为你还在,还在某处窥视着我。

她眼神松弛下来,噗嗤一声笑了。刚开始只是喉咙深处的咕噜声，之后是嘴唇间无意义的振动，然后爆发出类似于剧烈咳嗽之后的干呕，她大笑起来，从瘦削身体里挤压出来一团风暴。我逃也似的一把拽开门把手，胡乱蹬进鞋子，一瘸一拐跑下了楼梯，一路狂奔。春寒料峭，公园里的树刚冒新芽，粉色的绿色的紫色的黄色的，喜鹊在枝头间跳跃，上了年纪的男人和女人穿着棉服围坐在长椅上，眯着眼睛晒太阳。回忆起来，我的生活就是从这一刻开始彻底垮塌的，之前的都只是玩笑般的预演。

小龙给我打了几次电话，和他妈妈一样到我的住处截我，想让我继续教他画画，我躲藏，拒绝，搬家，只差当面戳穿真相。他短信里道歉说自己不够用功，我没回。我还能说什么呢？他年纪还小，会很快痊愈、忘记。

时间真是个好东西。不到五年，我已经有了自己的工作室，和出版社合作出过书，办过展览，为国内知名杂志和报刊写过艺术评论，上过电视，给电影团队做过美术设计。无论到哪里，我总忍不住在人群里寻觅，说不上是想找你，还是想找到那个跳芭蕾舞的女孩。

再后来，一向蛮横的母亲生了病，住进加护病房，我推掉所有活动和应酬，回家照料。半年后母亲过世，我仿佛又死过一次。从老家回来后，因为再也没办法直视自己写下的文字,画的潦草线条,就将工作室交给了原先的同事,自己索性转了行,到一家培训机构做市场。看着家长一茬茬将孩子送进来,学些考试技巧,然后欢天喜地接走。那些孩子和小龙都不一样,他们知道怎么讨人喜欢,怎么用乖巧和聪明讨好老师和家长。他们的积极和勤奋混杂着一层油腻腻的欲望。他们渴望被更多人认可,渴求成功,为达目的可以牺牲友谊、自由甚全是人格。你或许会问,小孩子哪里有人格?他们不仅有,而且表现得清晰、强烈。终日和这群孩子和家长打交道,我常常分不清他们的精进究竟掩盖了我的颓丧,还是助长了我的自我怀疑。总之我的低落如野草般疯长。

我该怎么和你解释发生的一切呢?我去过你的公司,摸索着找过你儿时的村庄,去过那间熟悉的画室楼下,也进过你家。我认识了你的妻子和孩子,珍藏过一幅你送我的画,还有一本待还的哲学书。

毕业后,我和周南彻底断了联系,只听说他父母安排他去了美国,没有人知道他去了哪个州、哪座城市,在做什么。

我每天和旋转中的陀螺一样繁忙,也试图逼近诸种真相;我曾游走在艺术的边界,最终舍弃艺术而去。不管多么欣羡别人画中的明亮色泽和坦荡的线条,我始终没能再拿起画笔。

雷声再次炸响,美术馆里的灯光暗了一下,又迅速恢复光明。夜幕降临，人潮褪去，我在空荡的美术馆长久枯坐，等眼泪停止，等大雨停歇。

2019.8

升华

我今年十一岁。唯一的愿望，是用自己的方式完成一次升华。

自然课上，宋老师叫我回答物质不经过液态，直接从固态变为气态的过程叫什么，我说，升华。当时屋外正下着暴雨，在我说出这两个字之后，雨声骤然停歇，教室窗户上的水像一条条小河，从屋檐奔腾而下，在窗台上砸开了花。鸟鸣、蝉鸣、行人的谈笑声从被雨声掩盖的朦胧中跳脱出来。我抬起头，看见一道彩虹在对面的建筑物上空腾起。阳光洒在雨后潮湿翠绿的树叶上，透过缝隙直直投射在我的课本上。我闭上眼，想在那个瞬间变成气体，从这个世界上消失。

自然是我最不擅长的学科，语文和英语还好些，可要从这世上消失，非要用上它不可。自然课上，当我举起试管观察里面冒着泡的液体，或是将试管里的液体倾倒进烧杯里，一团美妙的烟雾在我眼前氤氲开来，我都能感觉到脖子左侧的血管跳突着，顺着耳后、脑干生出一种无与伦比的兴奋感。我想象那五颜六色的液体就是我自己，化为气泡或是雾气，从玻璃罩一样的生活中偷偷逃离。而当周围人说起你时，也不会用太过分的字眼，譬如消失、失联、死，只会说，哦，那家伙几个星期前"升华"了。不是很妙吗？

不知道在我之前，有没有人和我有过一样的想法，那些智慧的先哲们，实实在在改变过世界的伟大的开拓者，还有在历史书中留下名字的人，他们一定想象过吧？为此我翻遍了书架上的百科全书。那是两年前我央求爸爸买给我的生日礼物。顺便说，我对这个男人一无所知，他只不过是我的爸爸（人人都这么说）。小时候我常问妈妈他去哪儿了，妈妈总说在工作，在开会，在赚钱，在谈生意。这些都是了不得的事吧，不然怎么会让一个一米八的粗壮男人从家里消失？（很难想象像他这样庞大的身体也可以升华。）很长一段时间，我都以为家里只剩下我和妈妈了，于是偷偷观察她的动向，看上去精神怎么样，有没有在哭，会不会丢下我。

"多看看书，没坏处，总有一天能用到。"爸爸喜欢用祈使句说话，类似于教育和命令的结合体。这样的语气听得多了，大脑便会自动切换到防御模式，逐一过滤掉这些话。于是眼前说着话的爸爸，就会变成嘴唇一张一合、眼睛瞪圆，却不发出声响的滑稽样。这时的要领是必须憋住笑，拼命想些无关紧要的事，比如海滩、躺椅、草坪上啄食的家雀。

他丢给我这套百科全书，脸上露出满意的微笑，像是终于尽到了某种义务，之后又消失得无影无踪。他多么神秘呀——只在家庭聚会时才出现在饭店，饭没吃完就接到一通电话，又急急赶向什么地方去。他做这些事的时候总是一脸严肃，完全不顾周围人的表情和语调的变化，好像必须完成某件事才能活下去似的。

我一度疑心他被什么人跟踪了，欠了外债或者犯了什么罪，类似于杀人或拐卖儿童这类的重罪，必须不停更换落脚的地儿才不至于暴露，一旦暴露也就一命呜呼了。那么我就完全能理解他了，想着自己也不要给他添麻烦。我会在放学时跟着人群、走主街回家；到家前先观察院子里的动静，看有没有人尾随再进屋；天黑之后不再出门，也叮嘱妈妈下班后不要回来得太晚。甚至周末野餐时也密切关注着周围。那种场景一遍遍在梦境中出现：一群身着黑衣的彪形大汉朝我冲过来。我来不及反应，被压在下面，他们呵斥着要我透露爸爸的行踪，口水喷在我脸上。我每次都会在梦境里语塞，不是为了保护爸爸，而是真的不知道他在哪里。几次从噩梦中惊醒之后，我开始在班里调查如何才能不做类似的噩梦。于小杨告诉我，心脏是主管梦境的，所以睡觉时千万不能压着心脏，手一定要放好，侧身时也要向右侧卧，睡前记得念一句咒语——小行星保佑。就行了。我试了几次，果然奏效！逼问爸爸在哪儿的壮汉们一次也没再出现过。

喜欢用祈使句的爸爸留给我的这套书被我翻了个稀烂。但凡涉及物体和物质形态的改变、自然界隐身自保的动物行为、宇宙天体爆炸和行星毁灭、人体运行机制的奥秘（包括母亲孕育胎儿的过程），我都会一一细读。不知道这世上有没有神，有没有一种超越人类存在的最高意志，能不能主宰每个人的生命进程，决定我们最终走向什么地方去。如果这种神奇的力量果真存在，那么熟读百科全书的我很有可能是最早一批启用这力量的孩子。我为此兴奋难耐，走在路上，脚步也轻快了很多。

我每天都为有朝一日启用神奇力量默默努力着。我慢慢学会调节自己的呼吸，而不是借助药物喷剂，那东西虽然能在关键时刻救我一命，但若是要走远路，有太多负荷是不行的。我不再吃肉，因为电视上说机器人是不吃人类的食物的，吃了人类食物就会自焚而死，零部件彻底焚毁，我或许已经在变身成为机器人的路上了。我不再害怕上体育课，虽然奔跑时还是能感觉到左胸仿佛被什么东西紧紧箍住，没法正常呼吸，但我用意志力告诉自己，要为消失做准备，就必须锻炼体魄，否则可能会前功尽弃。我不再拒绝看牙医，虽然不清楚如果升华到另一种形态，人还需不需要长牙齿，可一想到牙齿不好毕竟可能影响能力的发挥，我就会乖乖张开嘴，忍受那凶巴巴的医生手中的电钻在牙齿上开凿的酸痛感。我开始不那么在意考试成绩，虽然妈妈还是和从前一样按时去开家长会，还是会一如既往在回家之后阴沉着脸，仿佛天塌了下来；宋老师还是会把我叫去办公室，用手指抵住我的脑门说，你给我长点心吧，再不努力学习，以后长大了准吃土。

我默默忍受着，因为只要挨过了这些，就能找到通往另一个世界的密匙，那样我会把现在所有的烦恼和不快通通都丢下。让这些平凡的人类因为我的升华而颤抖吧！希望到时候，我能变作一团好看的雾气，节日里璀璨的烟火。

我唯独舍不得一个人，不，是两个人。不是那个冲我大吼大叫、在我写作业犯错时会打我的手、考不好时揪住我衣领的妈妈。不是偶尔才出现，出现时一身疲惫，只用祈使句讲话的爸爸。也不是发脾气时如母狮子般突然爆发出吼叫的宋老师。我舍不得的有两个人，一个是我的外婆，年初时她先是躺在医院白兮兮的病床上，然后躺进了ICU的玻璃那端，接着躺进涂着金黄色油漆的棺材。她总是面容枯槁地躺在那里，我原以为她躺一躺就好了，等到床头氧气罐里的氧气耗光了，她就能牵着我的手陪我玩了。要知道在她躺倒之前，她多喜欢玩游戏机啊！有几个小伙伴的外婆能有我外婆酷呢？！她游戏打得好极了。我常常和她并排坐在电视前，讶异地看着她枯瘦的大拇指在游戏机的手柄上翻飞。游戏里的她是个活脱脱的勇士，灵巧越过敌方的炮火和山崖沟壑，躲过喷火的巨龙，杀死有毒的乌龟，在最后关头一跃而上，跳上旗杆的最顶端，赢得几枚闪耀的礼炮，营救被困在城堡里的公主。

外婆从不反对我喝汽水、吃冰棍、吞下爱吃的零食和糖果，不介意我看她和人打扑克牌、打麻将，把赢来的一大沓钱揣进裤兜。酷暑，她会带我跃入泳池，或者带我到海边度假。她告诉我，人是由远古的鱼变的，我们的骨骼和鱼的刺骨类似，除了没有鳃，不会在水下呼吸，但我们的身体天生是渴望水的，譬如小孩子在出生前就浸泡在温暖的羊水中。我于是从不相信学校里老师教给我的，不信人是从猴子变过来的。相比之下，我和水更亲近。假如我升华的计划失败了，变不成气体，我更愿意选择变成一条鱼，而不是一只脏兮兮的猴。

在泳池，外婆和我相继跃入水中，我们被类似于果冻样的清凉的水包围。她会在水面上下起伏，修长的手臂在身体两侧结实地划动，如同一只会游泳的矫健的豹子，整个泳池的目光全都被她吸引了去。她入水的姿势漂亮极了，指尖像鸟的羽翼一样倏地一振动，带动脖颈、腰、膝盖、足尖，身体在半空中画出一个约等号，让我想起体态轻盈的海鸥，一艘小船的船桨，或是风中的芭蕉叶。在海边，我们赤脚走过整片沙滩，手脚并用爬上最高的沙丘，将捡来的海螺壳放在耳边，比大海更嘹亮的海浪声在耳畔响起。

"雨喆啊，以后你会去看更大的海。"她将海螺壳放在手掌心，小心摩挲着。

"会比这个还大还蓝吗？"

"那当然。到时候你光着脚丫踩在水里，就能想到外婆了。"因为掉了一颗牙的缘故，她说话时有些漏风，但并不妨碍她看上去很可爱。

"不，我要和外婆一起。"我那时还不能想象没有她的世界。

"到时候也许就没有外婆咯。"她咳咳笑着，缓慢起身，略微有些佝偻地走下沙丘去。我踩着她的脚印，一双小脚嵌入一双大脚，上面还有她淡淡的温度。

每次游完泳回去，她都会夹最大的一块肉给我吃（虽然现在我不再吃肉了），在我的小碗里盛满米饭，看着我睡去，在我醒来时必定还在我身边。那个讲故事讲得绘声绘色的外婆，走路会等我的外婆，带我跃入泳池、爬上沙丘的外婆，就那样躺进了棺材，化成一道青烟。

我站在人群中，牵着母亲的手，她哭得连带我一起颤抖。而我只是牢牢盯着外婆白得发青的脸，丝毫不敢分神。我确信那张脸只是一层薄薄的面具,下面藏着她真实的脸,她说不定正生龙活虎地朝我吐舌头呢。

外婆,你走以后,人生好像没那么好玩了。家里的电视只播放争吵不断的电视剧,游戏机落满了灰尘,泳池我不常去了,米饭和肉也没那么香了。对了,我正在寻找一门秘籍,有了这份秘籍,我就能到世界的另一端寻你。外婆,你还不知道吧,爸爸不怎么回家了,开始是三天一回,后来是一周一回。妈妈说,他忙的事很重要。可那些事比我还重要吗?对了,妈妈毫无征兆地发胖了,我还以为是因为吃得太多,直到后来她拿回一张黑白的纸片,指着里头那个模糊不清的轮廓说,这是你妹妹。我也要有妹妹了。我什么都没做,居然就有妹妹了。我从百科全书里知道他们是如何怀上她的,是在什么时间呢?大人们的事总是神不知鬼不觉地进行着,等我发觉时为时已晚。我们之间总是晚一步,无论什么,总是晚一步。他们不知道我挨打的事(我的伤口已经痊愈了),我也不知道他们要生下妹妹(为我生的,他们说)。

如果我知道那是见你的最后一面,我会紧紧紧紧地抱住你,哪怕你不能呼吸我也要那样抱住你。我会哭吗?不知道。那天我没有哭,对不起,我脑子里像幻灯片一样轮番上演着我们全家人还在一起的样子。好像那只不过是个梦,说逝去就逝去了,说醒来就醒来了。可我为什么不想醒过来呢?我想永远住进那个梦里。大概因为那个梦里有你。

妹妹要出生了。妈妈带我频繁出入婴幼儿用品商店,买回一大兜一大兜的尿布、小衣服、小鞋子和杂七杂八的玩具。我还陪她去了几趟医院。她走起路来慢极了,我恨不能飞快地跑起来,把她远远甩在后面。在医院诊室门口,我看到那些大着肚子的阿姨们,她们脸上面无表情,看不出喜悦,更多是冷漠,还有一点点丧气。我看见一个阿姨躺在推车里,一路推过去,尖叫声像火车鸣笛一般越来越远,直到大铁门关闭。门外的大人们很是无聊,他们玩手机,静悄悄坐着,偶尔才对视,才说话。只要门一打开,不管出来什么人,他们都会站起来,手足无措地站在那里,像在等着接受审判。我想象那扇门里出现一头巨型怪,将这群人解救出来,让他们不用这痛苦地煎熬。可最终出现的,要么是一个包裹好的婴儿,露出老头一样皱巴巴的小脸,要么什么也没有,只有两手的鲜血和周围低沉的哀嚎。那扇神奇的门呵,我突然很想穿过去,不再去管妈妈和妹妹。她们没有我,不是更好吗?

"我要有妹妹了。"我和于小杨说。

"你妹妹长什么样?"她笑吟吟地看向我。

"和你差不多。"我随口说的,因为我好像还没有机会仔细观察她。

"刚生下来就和我差不多？那我长什么样？"

我看着她，她是我见过最好看的女孩子，头发是卷曲的，在额头一侧留下一个柔软的卷，睫毛长长的。她是我们班少数不戴眼镜的女孩之一，所以眼睛特别清亮。她看我时，嘴唇上方有浅浅的绒毛，迎向阳光时耳郭是半透明的。我尤其喜欢她的手，不像外婆的手是枯瘦的，妈妈的手是狠毒的，于小杨的手是轻柔的，捏起试卷时是轻柔的，写字也不过分用力，所以字体像是轻轻漂浮在纸面上。她还会弹钢琴，我见过她小巧的手指在沉沉的琴键上飞跃，击中，然后飘走。她会努着嘴，好像生气了一样。弹完一曲，她的月牙眼又会继续眯起来微笑。我从未见过那样的微笑，冬天时能把冰雪都融化，夏天格外清凉，秋天和春天是另外的滋味，形容不出的滋味。

"你？你就那样。"我就是这么说的。我们这个年纪的男孩子，从来不会表达对女孩的好奇和爱。我们只是不停用言语、用身体、用微小的动作轻轻推搡着她们，好像那样就能引起她们的注意了。

于小杨就是第二个我舍不得的人。她和我一样，笑的时候开朗明亮，哭却安安静静的，很少发出声响。上个学期，我下课跑去操场，路过语文办公室，看见于小杨站在靠近门口的地方，紧贴着墙边，手里捏着本子。她低着头，头和身体形成标准的直角。我趴在门口，想叫她却不敢，只能定睛望着她。

"你怎么回事？作文是这么写的吗？"毛老师，我们平时都怕她，自从生了孩子之后，她变得喜怒无常，常常课讲到一半就开始哽咽，紧接着她会哭出来，用一只绣花手帕擦自己的脸，把口红也抹在上面。她说我们是"白眼狼"、"扫把星"，虽然我们不懂这些词语的意思，却知道那都是不好的词。我们于是给她起外号叫"白眼狼"、"扫把星"。她眼睛向上翻的时候，的确很像某种受了惊吓的兽类。

"我错了。"我听见于小杨说。毛老师没有要放过她的意思，从她手中一把抢过作文本。咔嚓。咔嚓。于小杨的本子里有两页被扯了下来，团成纸团，丢在她脸上。"捡起来。"毛老师的嗓音破声了。于小杨定了两秒钟没有动，她低着头，小小的身体开始颤抖起来，那双漂亮的小手也开始抖动。

"听见我说话了吗？别磨磨唧唧的，自己捡起来。"她蹲下来，黄颜色的碎花裙子拖在地板上。她捡起那两团纸。

"打开，自己读。"毛老师用那绣花手帕抽打于小杨的脸。

"胡编乱造，不够正能量，没有展现出当代初中生的优秀风貌。重新写！罚抄课文十遍！"

"清楚了吗？"

"嗯。"

"大点声。"

"清楚了。"

毛老师扬起手，我疑心她要对于小杨下手了，不知道是该冲上去还是该逃跑，只能愣在原地。

毛老师的手一挥，重重落在于小杨的肩膀上。于小杨抽搭了好一阵子，我以为她会晕过去（如果是我一定会）。她脸上挂着泪珠，前襟也被眼泪打湿，轻轻说一句"谢谢老师"，转过身来。我飞快地跑掉了，下楼梯时踩空了一级台阶，扭了脚。我一瘸一拐回到教室，于小杨不见了。书桌上放着两张皱巴巴的纸。我悄悄拿起来。

于小杨写道："我常常想，人是不是生下来就要承受很多很多。比如我的妈妈在生下我之后消失了，我的爸爸给我找了新妈妈，新妈妈又给我生了弟弟。我不喜欢他，因为他既吵闹又霸道。我讨厌所有生孩子的人，因为他们只负责生，却从来不管他们的孩子是怎么长大的。"这句话被毛老师画了个大叉，红色的笔迹戳透了薄薄的作文纸。

我差点儿哭出来，因为那正是我想说的话。他们只负责生，却从来不管他们的孩子是怎么长大的。我想把这句话读给我爸妈听，或者用粗笔写下来，放在家里最醒目的位置，让他们知道我在想什么，忧虑什么，痛苦什么，而不是只吃他们做的饭，按时睡觉，睡觉前把牙齿刷干净。

快上课了，我一溜烟跑出了教室。学校走廊里不允许跑，有值周的老师和高年级的学生负责记录，我只能踮起脚尖，飞快地挪动步子，小腿快要抽筋了。我跑到女厕所门口，又不敢往里面望，只能假装蹲下来系鞋带，四下打探。上课后，走廊里的人被装进一间间盒子般的教室，终于可以跑起来了！我沿四楼的楼梯往下跑，崴到的脚脖已经不疼了，但还是有点酸胀，可也管不了那么多了。我路过一间教室门口，看见一个男生和一个女生像两根木棍杵在那里，班主任骂的话我似懂非懂，类似于"你俩才多大，搞什么对象"，那语气像极了"扫把星"和"白眼狼"。路过校医室，里面有个摔破了膝盖的男生在哭，校医说"柔柔弱弱，像个女孩子"，里面也没有于小杨。路过高年级班，打我的人就在门口晃悠，我的两条腿倒腾得更快了，心也跟着狂跳起来。路过校长室，我不自觉放慢了脚步，里面看上去是学生家长，要么就是某个我不认识的老师，他们正在为一条烟和一瓶红酒争执不休。大人真无聊啊。跑到一楼的超市，除了副校长家那个亲戚在看店，也没有别的人。出了教学楼，我一路狂奔，向后操场的小花园跑过去，那里有时候会跳出几个高年级的人抢我的零花钱，可这时候也顾不得那么多了。我上气不接下气跑到藤架下面，看见于小杨蹲坐在那里。

"你怎么跑这儿来了。"我故意不让自己喘得太厉害，装作是不小心看见她的。

她转过身，眼睛红彤彤的，小脸惨白。她看见我时有点尴尬,迅速垂下眼睛,睫毛也就显得更长了。"我还想问你呢。"她撅着肉嘟嘟的小嘴,啜嚅着。

"快下雨了,咱们回教室吧。这节是宋老师的课。"

"袁雨喆,你说,是我做错了吗?"

"没有谁做错了。于小杨,我想过这个问题,有时候这世界糟烂透了,一点也不可爱,但不是我们的缘故。是他们错了,是大人们错了,却要我们承认。"跑来的路上,我脑子里反复在念这段话,不知道是从哪里听来的,还是我自己凭空想出来的,总之它就在那里了。我非要把这段话说给她听。

"万一一天也忍不了了,我们能怎么办呢?去死吗?可是死了就什么都没有了,不划算。不如我们一走了之,让他们去找我们吧。我从小就是捉迷藏的高手。"

"他们生下我们的时候不也没经过我们同意吗?"

"嗯。那时候还可以忍受,现在不行。"

"我外婆临走前,我一直在想,她会去哪里呢?可不可以把我也带走?我实在是受不了那群人了。"

"你说大人,还是打你的人?"她早就不哭了,眼睛一眨一眨的,像商场橱窗里穿裙子的洋娃娃。

雨点砸下来了,穿过藤架上枯死的藤蔓的缝隙,倾倒在我俩身上。几乎是本能地,我拽起于小杨的手,那只纤细小巧漂亮的手,朝着不知道什么方向奔跑起来。我这才注意到,她的鞋子踏在地上发出哒哒的声响，像匹欢脱的小马。我的衬衫也因为雨下得太大，贴在皮肤上，凉津津的。

我们跑到图书馆门口。那间只有高年级学生才能借阅和使用的图书馆，在我们看来就是圣地。我们试过偷偷潜入，也试过装作高年级的样子端庄地走进去，但通通都被拦了下来。因为不知道里面有什么书、书架会不会是金色的、像不像霍格沃兹学院里那样庄严又肃穆，所以格外渴望，每次经过都想偷偷钻进去。再过两年，我就能拿着学生证堂堂正正地走进去。长大真好啊，我多想长成大人，走路时挺起腰杆、皮鞋一下下踩在地面上的大人，能赚钱养家的大人，能买下一切想要拥有之物的大人。我想一夜之间长高个子，穿上大人才能穿的西裤；想买下市中心商店里那双昂贵的气垫篮球鞋；想保护每一个无缘无故挨打受骂的孩子。我想到学校去接自己的孩子，看着他快乐地长大。我不会无端地从家里消失，不会用过分的话骂他，也不会伸手去打他。我不会轻易说他在撒谎，说他不够努力、对不起父母的付出、不懂事、不听话、不够优秀。他在那里就好了，在那里，做他自己就好了。

这样想着，我才意识到自己还牵着于小杨的手。零星路过的学生都在朝这边看。我连忙撒开，感觉到手掌心空空荡荡。于小杨俯下身，用那双可爱的小手拧着裙摆，水滴下来，她看样子就像要变成一只黄蝴蝶飞走了。

暴雨如注，四下里一片模糊，分不清远近，辨不清天地，听不见彼此的声音，也看不到对方有没有哭泣。我们没有像路人一样躲藏起来，而是毫不犹豫地冲进大雨里，这一次是朝相反的方向奔去。我们躲过瞌睡的门卫，绕开路中央停的车子里那一双双警觉的眼睛，逃过教室里必将掀起的一场腥风血雨，更不去想落在我身上的拳头、踹向我胸口和肚子的鞋尖，还有压住我的沉甸甸的体重。我厌倦了被踢打的命运，不想等自己长高变壮之后才能逃脱，我想保护像我、像于小杨这样的人。既然大人不能保护我们，身边的同学无视我们，既然所有人都选择盯着那张成绩单，选择在我们受难时转过身去，那必定是由我来保护，保护她，保护我们，保护我自己。

我们在校门口的自行车棚底下停下来，拼命想把眼前的水雾赶走。"我们要去哪儿呢？"于小杨的刘海不再卷曲，而是紧紧贴在脑门上，像哈利·波特额头上的那道闪电。长长的睫毛也是湿润的，所以分不清她是不是还在哭。她的手还在颤抖，不知道是因为冷还是因为紧张。我紧紧牵着她。明明是大雨倾盆，我却感到口干舌燥，嗓子口在冒烟，心脏又在调皮了，呼吸有点困难。

"你想去哪儿？"我问。

"随便哪里都行，只要不回去。"她的声音是明亮的，宛如雨后的天空。我想让那声音持续明亮下去。于是我重新牵好她的手,往市郊的方向走去。小时候和爸妈经过这所学校时,我们会停下来,仰头看那黄色的高墙和红色的牌匾,他们会说:以后我们雨喆能考到这里就烧高香了。据他们说,考到这里,就能上更好的中学,上了更好的中学就能考到心仪的大学,去了心仪的大学就能找一份不错的工作,就能赚大钱、活得幸福。我不知道他们说得对不对,因为我从没见过一个快乐的成年人,哪怕是真的赚了大钱、买下三套房产的舅舅,哪怕是我那位据说很成功的爸爸,还有生下了我又要生妹妹的妈妈,我从来没有见他们放声大笑过。他们会说谎,会搪塞,会无视,会放弃那些最最可爱的细小的部分,去换取一个大到看不到边的许诺。我觉得他们傻极了,可他们却自以为精明。他们说着我听不懂的话,做着我不能理解的事。后来我按照他们的旨意来到了这里,读他们让我读的书,考逃不过的试,念一串串的英文,挨过一个又一个学期。中学、大学和工作于我都太过遥远,遥远到抵不过眼下的苦涩。我一次次在傍晚时分回到那个没有生气的家里,等一个等不回来的人,惊恐地看着妈妈的肚子在胀大。我每天都在和大人们、打我的人斗智斗勇,已经精疲力竭。因而我常常想像这样一样逃走,却因为胆怯一直没能实现。

我们穿过车流,跳过水洼,走到桥上。一架绿皮火车从远处驶过来，钻进桥洞里，脚下的石桥在震动。有那么一瞬间，我想带着她跳到那辆火车上，像电影里演的那样，稳稳落在火车上，然后顺着梯子爬到车厢里，任由它带我们去任何地方。我们可以去南方看一看翠绿的茶田、焦黄的油菜花田，花燕轻盈地在山间穿梭。我想去湖边租一条渔船，趁雨歇后一头扎进斜阳里，用手掬起湖中央的游鱼和虾米。或者干脆跳进山泉水溢满的小河里游走，跋涉到山里，到荒野里，到没人居住的地界。

"要是能坐上那辆火车就好了。"我大声说。

"可是我们没有钱。"

"可以逃票。我见过有人这么做。"

"会被抓的。"

"我们可以去江边，听说这个季节那里有好多鱼。"

我们丝毫没有回头的意思。雨还在下，但小了些。有车子驶过，路边的水坑会溅起一汪水，我们谁也没有躲，反而大笑起来。水里的砂砾留在小腿上，袜子也湿了个透。于小杨额头上的"闪电"消失了，面颊不再惨白，而是红扑扑的，好看极了。

"江边的路我知道。我带你去吧。"她轻快地说道。

带我去吧，去哪里都行。如果可以，我也许会放弃从这世界消失的想法，只要别让我再回去。

因为刚刚跑得太猛，中午吃的西蓝花和土豆都消化干净了，肚子咕咕叫起来。我摸向短裤的口袋，竟摸出两块浸了水的饼干，那是早上离开家时妈妈塞给我的。我们把饼干连同湿漉漉的饼干渣塞进嘴里，口感像泡了牛奶一样，软绵绵的。

在此之前，我从来没有认真观察过这座城市。平时走在城市的街道上，不是因为补课，就是在去补课的路上，要么就是去参加各种考试。我从来没有一步一步丈量过自己生活了十一年的城市，也不曾仔细打量过它的肌理。

苏联人留下的纪念石像矗立在路边公园的门口，革命时期躲过一劫的天主教堂屹立在道路的一旁，日本人建的银行变成了大使馆和博物馆，沿路还有说不清时期和风格的旧式建筑，如今都成了普通住宅和售卖日用品的商铺。小时候爸爸还常在家时曾经带我去过的文具店和书店已经日渐萧条，关门大吉。我读过的小学去年被拆掉了，盖起新的房产，四周围起亮蓝色的铁门，上面写着一行醒目的大字——"要想求婚成功，××房产来一套"。之前住过的院子，小时候和外婆买零食吃的食杂店拆掉了，外婆打扑克和麻将的凉亭变成了停车场，停着密密麻麻的车。邻居已经换了一批，再回去也找不到一个认识的小伙伴了。

这里就是我的家乡了。童年熟悉的事物和人都渐渐死掉了、凋零了，只留下一个弱小无力的我。面前的那条主路冬天最漂亮，沿街的雾凇笼罩天空，走进去宛若童话一般。下过雨的路面上，零星洒下来的汽油留下七彩的倒影，和半空中的彩虹相映成趣。我好像重新爱上了这座城市——我无数次想要逃离的地方。

雨停了，江水就在眼前了。远处雾蒙蒙而近处更为澄澈的江面就在眼前了。于小杨走过去，脱下湿透的鞋子和袜子，提在手上，露出白皙的小脚丫。她一手提起裙子的一角，一步一步向江水走去，脚丫浸在江水里，小到看不见的鱼和虾在她脚边游来游去。不想了，什么都不去想了。从转学到这个班起，她就是一个透明人。他们从不叫她的名字，在传试卷时越过她，将她的鞋带系在凳子腿上、看她绊倒后出糗，他们玩弄她的辫子，撩起她的裙子。他们给她起了个外号叫"小三八"，因为她写作业时不喜欢周围有动静，于是只能一次次央求大家不要高声喊叫。他们叫她这个名字的时候，她面无表情地忍受着，但凡她做出什么表情或动作，嘲笑和喝彩就会变本加厉。她学会了忍耐，甚至自动消了音，哭的时候也是，生气的时候也是。只要把自己变成不存在的透明人，就不会有麻烦找上身。

于小杨把双脚浸在江水里，缓缓坐在江边的石阶上，远处像海鸥一样的水鸟时而起飞时而栖落，出来钓鱼的人沿江岸搭起了摊子。远处的桥面上一辆货车驶过，扬起的尘土霎时被空气里的水雾吞掉了。

她想起自己第一次对袁雨喆产生不一样的情感，是在学校的后花园里看见他。当时她因为忘记带作业被罚站，刚好下了课，便走到了操场后面的花园。她绕过教学楼，听见有什么人在叫喊，三五个人的样子。她第一个反应是逃跑，接着她马上镇定下来，轻轻靠过去。因为有墙壁的遮挡，她暂且安全无事。四个穿着高年级校服的人正围着一个个头不高的男孩子嬉笑。他们把他提到半空，又放下，提起，又放下，好像玩悠悠球一样。他们中的一个，剃着平头的高个子，狠狠踹向那男孩的腹部，然后骑在他身上，将他的头摁在地面上。她屏住了呼吸。透过晃动的人缝，她清楚地看见了他沾满泥土的脸，就是她的同桌，袁雨喆。她跑了很久才找到一个大人，传达室的门卫慢悠悠地走过去，呵斥了几句，那些人便消失得无影无踪。袁雨喆被送去了校医室。她紧跟在后面，看见他跛着脚，鞋子趿拉在地面上，发出刷刷的声响。她不敢看他的眼睛，不小心看见了，发现那双眼竟如此平静。他好像是认命了。而她居然想不出一句话来安慰他。于小杨有点想哭，但努力憋了回去。

那些人被抓到了没有？揍他的拳头和踢向他的脚有没有被大人发现？有没有受到惩罚？他衣服盖住的地方痊愈了吗？他回家后被大人骂了吗？被安慰了吗？他会不会哭着睡着？她心

中浮起无数个问号。除了这些问号之外，无故平添的还有赤裸裸的恐惧，一种自己也有可能变成袁雨喆的恐惧，被按压在地面上暴打、又被薅着领子提起的硕大无朋的恐惧。她没有和任何人说起过这件事，包括那些给她起外号的幼稚的男孩，包括她的爸爸和继母。

雨后的江水吞没了所有这一切。那个男孩现在就站在她身边，他也静悄悄坐了下来，双脚浸泡在江水里。江水很暖，比刚刚的雨温柔，让他想起沙丘上的外婆。

幸好他在花园里发现了她，没有让她一个人哭得太惨，也没有问她多余的话。他分给她一块饼干，冒雨跟她来到这里。他并排坐在她身边，静悄悄地坐在那里，像是两个从出生起就认识的人。

于小杨突然觉得这一切并不赖。没有想象中落魄，不至于彻底坠落，甚至还生出了一丁点微茫的希望。自从转到这所学校，她从来没有像今天这样自在过。

"你说，我们回家之后会挨骂吗？"她试探道。

"会吧。"我在水底来回打着双脚，脚掌碰到了溜走的鱼和虾。

"但是，没关系。"我仰起头。

那天，我们在江边坐了很久很久。直到钓鱼的人都收了摊，桥上不再有货车驶过，直到太阳从天边沉下去，黑夜和星斗像舞台的幕布一样悠然升起。我们没有再牵过手，也没有再说过话。我们只想坐着。于是我们就那样坐着。

当然我们还是挨了骂。妈妈哭着将我紧紧抱在怀里，好像我还是个小孩子。妹妹还不懂事，但等我回到家，她看我时和于小杨一样，眼睛是澄亮的。我一样会好好保护她。

后来我们俩都发了烧，几天没有上学。发烧的时候，看什么都是亮晶晶的，好像在做一场奇异的梦。奇怪的是，烧退之后，我再也不想变成气体升华，也再不想从这世上消失了。

2020.6

杀死松雪草

沙尘暴过去，雾霾过去，阴雨过去，我选了个好日子。

早上睡醒后敞开卧室的窗，胳膊伸出窗外，金灿灿的阳光像水一样流淌在指缝之间。两只鸽子倏地飞向更高远的云。

就是今天。

我猜想它像极了你生我那天——你把我的出生说成是一场奇特的相遇——初秋午后，一个过冬土豆一样瘦巴巴的小猴，浑身通红降临到这世上，不哭不闹，吸吮着手指。

"你生下来就这么乖。"你从相册里抽出一张泛黄的老照片。"像啤酒瓶一样大。"而我，宁愿自己无思想，无主见，赤条条地变回人类幼崽。因为接下来的话我都替你想到了："长大了没意思，不听话，不孝顺。"下面一定是："人这一辈子一晃就过去，你都三十了，怎么还不知道抓紧时间？你以为人生是闹着玩的吗？"

你看，这就是我不愿意回家的原因。不是不想你，不是不爱你，而是经常话不投机，三句之内我便再次成为你的附属品、为你生养后代的工具。

"我和谁生？"我偶尔会回嘴，但大多数时候都会选择回避——我从童年习得的生存策略。

"大不了领养一个也行。小孩多好玩，你养了就知道了。"

何大霞，你还记得我上大学那年，你隔三岔五打来电话，反复确认我有没有男友。你那时多担心我失去贞节，旁敲侧击地问我疼不疼："要保护好自己，男人才不管你。别怀孕就行。"我听了你的话，一次也没和男人上过床。不要说上床，男人只要靠近，我就会条件反射一般想起你的比喻，说那怪兽长着一双锐利的獠牙，刺进骨肉之后会让人生不如死，最终撕开你的下身，取出你们的种。你曾这样形容生我时的痛。

你曾经多怕我怀孕，只有这样，我才能理解下面讲述的这件事，才不会自我分裂。

初一那年暑假，我们去大连旅游，住在一家顶豪华的酒店。那是十多年前的事情了，那年我十二岁，刚刚初潮。之所以对那家酒店印象深刻，是因为酒店大堂立着一架乌黑发亮的三角钢琴。从小我就羡慕会弹钢琴的人，他们制造音符时胸有成竹的样子，看上去太美好了。可我也清醒地知道，那种人肯定轮不到我当。你和老冯离婚之后，我们家连买一块豆腐、几根毛葱都要讲价钱。钢琴这种高贵的物件，和我不沾边。

那天晚上，你去市中心见一个老同学。我尊重你的隐私，没有问是男的还是女的。我和你不一样。我一个人在宾馆醒过来，床头是你挑选剩下的丝巾，还有没来得及放回化妆袋的半截口红。你一向洁癖到让人无法忍受，家里的墙角和窗户缝都被你清理得一尘不染，拖把上一根头发丝都没有，这一次却这样匆忙马虎。我替你收好它们。好吧，在收好前，我对着房间里的梳妆镜，把口红涂在了嘴唇上。之后我突发奇想，从你的行李箱里翻出一对碎花边的黑色胸罩，笨拙地穿在身上。我扣不上背后的钩扣，只能反手捏住两条带子的边缘。

镜子是暗黄的，我长了几颗青春痘的脸也是，只有嘴唇，鲜艳刺目。我的乳房已经开始发育，你特地带我去了趟医院，唐突地问大夫，孩子胸上长了什么东西。那个胖墩墩的中年男人在我胸前揉捏了半天，左边，右边，左边，右边。抽出手时说，正常发育，左边发育得快一点，平时多吃点鱼籽和胡萝卜，记得多补充维生素。你于是放心了。自那之后的两年时间，我的胸部慢慢胀大，比同龄的女生更明显。我被班里的男孩嘲笑成是"奶牛"，他们肆无忌惮地盯着它们看。那个矮我一头的同桌竟趁我不注意，用圆珠笔的一端狠狠杵了我一下。我疼出了眼泪。我学会了含胸走路，经常伏在桌上，藏好那格格不入的身体。身体某个部位无限的膨胀让一个十岁的孩子恐慌，没人和我解释那是什么，该怎么办。

你从未带我买过胸衣，我的胸部就这样被窥视、被蹂躏。对，我刚从一篇课文里学到这个词——蹂躏，我用黑色水性笔一笔一画抄写在习题本上，它黏连的发音就和这个词本身一样残忍。那时我所有的衣服都是你挑选的，你会象征性地征询我的意见，却从未真正采纳过。每天早上，床边都会摆上一套你希望我穿的衣服。我没有选择权。

坐在大连那家宾馆昏黄的梳妆镜前，窗帘只留一道缝隙。不合身的胸衣，突兀的红唇，我决定做些什么，用我那早已被羞耻击穿的身体。我学着你的样子画了眉毛，用手纸擦去唇角多余的口红，再学着电视里演的那样蘸了蘸，好让它的颜色不那么突兀。我费了九牛二虎之力系上胸罩，从你的行李箱里选了一件轻薄的连衣裙。

十二岁太漫长了，我想让它过去，像沙尘暴过去，雾霾过去，阴雨过去。我想要金灿灿的暖阳从头到脚温暖我。

我鼓起勇气走到酒店大堂，故意垂下眼睛，不去看周围人的反应。吸引我的却是别的，那台三角钢琴飘出一连串的音符，是轻盈清澈的圆舞曲。我站在无人经过的茶室门口，空荡荡的内心被一股春意填满，像海洋上鼓胀的船帆。我不自觉朝那串音符走去，每一步都像踏在云里。靠近了，我屏住呼吸。一张普普通通的男孩的脸。脸蛋上长着两三颗粉刺，不帅，面容干净。他安静地弹完，一曲终了，抬头看我。他笑了。一直到今天，我三十岁了，依然记得那个微笑，它无害，清朗，就和一个人在路边偶遇一只小花猫时天然露出的笑容一样。我也笑了。他说他二十三岁，在沈阳音乐学院学钢琴，课余时间来这里打工赚钱。

"弹一首我最喜欢的吧。柴可夫斯基《四季》里的。你知道这组曲子吗？"我摇头。他说："这首《松雪草》最合适，虽然四月已经过去了。"话音刚落，他的手指在琴键上飞舞起来。他闭上眼睛，像是完全进入了另外的时空。我先是注意到他指节修长，按在琴键上格外有力。之后很快就忘记了他的存在。虽然不知道松雪草的样子，我想象它们的花洁白，叶翠绿，开在一片无边无垠的原野上，初春的残雪，明亮的夕阳。

我眼睛里蓄满泪水。那个年纪的女孩，来不及应对自己变化的身体，不知道怎么处理过盛的情绪，终日被困在繁重的课业里，为了某种被渲染成前途的东西，被迫藏起所有关于性的想象和感受。她学会满足所有人的期待，老师的家长的同学的朋友的，没有一种期待是属于她自己的。她像切蛋糕一样，把自己分成很多块。虽然她最想拥有的是一整块蛋糕，她想对着它认认真真地许愿。

"干什么呢,冯子璇?"原野、残雪、夕阳通通后退,消失,我从当空坠落。睁开眼,看见你和我一模一样的唇色。

后来我被你拎着胳膊拽回到房间,剥下连衣裙和胸衣,头按在盥洗池里洗掉嘴唇上的口红,哭着被裹进乳白色的被子。我听见你说:"一个女孩家,不知检点。"你在镜子前卸妆,一点一点披露出一张苍白的脸。"你知不知道他之后会干什么?他能把你吃了!"你转身瞧我的眼神,使我肝颤。

那晚,我梦见有个面孔模糊的男人,扭着我的手腕,将我拖到一间幽暗的小屋,他把我绑在地板一侧的暖气管子上,从背后用麻绳捆住我的双手,蒙住我的双眼,塞住我的嘴。他撕开我的衣服,粗暴地蹂躏我,撕扯我。他把我生吞活剥。而你,何大霞,就站在不远处,冷眼看着我。梦中,所有都是黑白的,只有唇彩是艳红的。我惊醒,浑身冷汗,心跳快得像是要死掉,一只手抽了筋。我蒙着被子无声地流着眼泪。

那几天,你若无其事地带我去老虎滩、星海广场、滨海路。我平生第一次看见大海。我曾多么渴盼这一刻。可你却在那之前,亲手杀死了原野上生机勃勃的那片松雪草。

原来,大海也不是蓝色,而是浑黄的,海浪卷起的泡沫让人想到死亡。

在别人眼里,我们该是多么完美的一对母女。

我在你教课的初中读书，拿年级第一第二的成绩。你来我的班级上课，只有我能解出你写在黑板上的难题。我们一起上学，一起放学，路上遇见你的同事、我的同学，他们都会恭恭敬敬地喊你何老师。你会用一种独特的"老师腔调"回应他们。我长大离开家之后，我们几乎每天通电话，只要这种高亢骄傲的腔调一出现，我就知道你不是独自在家，而是在活动室或者老年大学。有旁人在场，你就会自动扮演起那个完美的母亲，用这种语调当众说出我的成绩、你的关心。这一点我在很多很多年以后才发觉。

于是我也配合你，扮演完美的女儿。无论我对松雪草的世界多么向往，我依然埋头读书，完成每门功课的作业，用功到自己也惧怕的程度，连发高烧时也躺在床上做题。我暗暗希望你走过来，告诉我：休息一下，你已经很棒了。可你没有。后来一次家长会上，当着所有家长和任课老师的面，你说："冯子璇发烧的时候也在学习，这就是一种自律，我不主张，但我很欣赏。"当时我作为班长，把家长们领到各自的座位后，就站在教室的门外。隔着玻璃，听见自己的名字以这样的方式出现，我感到自己再一次被伤害了，就连我为了迎合你而付出的努力，也被你当作炫耀的筹码。

每次期末考试结束，你都会去各个老师的办公室。试卷上的姓名和班级是钉好的，批阅试卷的老师也是随机分配的。你总能从整个年级的试卷中找到我的字体，叫批卷的老师千万不要手下留情。你会顺便询问我哪里薄弱，需要"查缺补漏"，然后你会直接奔去学校附近的新华书店，亲自为我挑选合适的习题册。我接受了，不曾反抗过，因为这样的确立竿见影。

我极少让你失望过。只有一次，我在期末考试前夕得了急性肠胃炎，最终成绩排到了班级第六。那天傍晚我们照例一起回家，你没有用高亢骄傲的语调回应和你打招呼的学生。你走在前面，将我甩在身后。我远远看着你高高盘起的发髻在人潮中沉浮，就快要消失了，很快又出现。天渐渐暗下去，夏季的晚风是清凉的，我却焦躁难安，一团烈火在靠近胃的位置炙烤。我一个人在街上走着，周围人的欢声笑语让我感到自己脆弱极了，像洁白的瓷器，随时都有可能瓦解，肩上扛的书包快要把我整个人拖到地底下去。我几次想跟上去，挽起你的手，和你说对不起；几次想干脆一走了之，就这么消失不见。我在两种截然相反的情绪中拉扯，不知道是该服软还是该怪罪。

途经市中心的商业街，CD 店前的音箱嘶嘶啦啦地播放着："……你是电，你是光，你是唯一的神话。我只爱你，You are my super star。你主宰，我崇拜，没有更好的办法。只能爱你，You are my super star..."

我最终没能赶上你，也没敢回身逃离。我远远跟着你，一步一步回到我们俩的家。那是十三岁的我的宿命。

你终究还是不相信我，对吧？不然为什么每个任课老师都在监视我？每天放学回家的路上，你总能准确地说出我在哪节课上表现不好，在哪个时间节点走了神，你用的是关心的语气，譬如：数学老师问你是不是太累了，下午讲到二元二次方程式解法的时候你不在状态。奇怪的是我并不愤怒，只感到疲惫。我会用沉默捱过需要辩解的尴尬。

你终究还是不相信我，我知道。中考前夕，你不知道从哪里找来了一沓试卷，包在档案袋里，放到我面前。你神神秘秘地说："这是模拟考试的试卷，你做吧。做完我给你答案。"在模拟考试两天前。我呆坐在那里，一声不吭。

你尖叫起来："你到底做不做？你知道模拟考试很重要吧？你知道考得好就可以拿到特招名额，到时候中考分上了统招线，就可以进到全省最好的高中。"

"我知道。"我沉着得有点不像十四岁。直到这时，我都以为你只是在考验我。你对我的考验从我刚记事的时候就开始了。前一秒我们还手牵手走在街上，不知什么时候，你放开我的手，躲到我看不见的墙角观察我。我发现你不见了，自己被高大的陌生人层层包围。他们像洪水猛兽一般吞没我的身体，我的声音。你告诉过我，这个时候千万不能哭，不然坏人就会把我卖到乡下去，也可能被狼叼了去。于是我咬紧嘴唇，努力让自己平复下来，在心里默数，一、二、三、四、五。同时视线扫过每一张脸,寻找你,寻找你的衣角。那段时间有几个小时那么漫长(也许只有几分钟而已)。最终你会从某个地方冒出来,重新牵起我的手,胜利似的望着我笑。

你躲在我看不见的地方,到底是怀着什么心情,我的慌乱具有什么教育意义,我一概不知。每一次,我都以为再也见不到你了。

还有一次考验发生在百货商场,就在从大连回来之后。那天下午,我们刚走到商场人流量最大的中庭,你突然让我在原地等你。然后你便消失了。激昂的乐声响起,人群从四周向我聚拢,我被挤到第一排。红毯铺成的舞台上,主持人宣读了参赛规则:答对三道题,即可获得由某知名品牌提供的全套锅具。题目很简单,我都会,可比起第一排那些蹦蹦跳跳的小孩子,我瘦高的个子太过显眼,没法和他们一样蹿到舞台上,抢过话筒。那使我羞愧。于是我涨红了脸等待着,同自己抗争着,又不甘心退到一边。三轮比赛很快结束,一共送走了两套锅具,领奖的都是比我小的孩子。

音乐停止,人群散去,你出现了。

"我都看见了。"你说。你站在原地,并不准备立刻离开。

"看见什么?"

"你就杵在那儿。"你指了指人群散去的舞台前方。"一次也没去答题。"

"我不想……"天知道我多想为你赢回一套亮闪闪的锅具。

"一点也没闯劲。别的小朋友年龄比你小,都比你强。"你转身离开。我分明看见了你嫌弃的侧脸。

这是不是也是一次考验?考验我在你不在一旁的时候,有没有勇气做一件丢人现眼的事?我没敢问你,是不是和小时候一样,你是故意把我留在原地的。

"你这个时候高风亮节?捷径就摆在你面前,你傻吗?"你的声音斩断我绵延的思绪。只见你将那沓试卷从牛皮纸袋里拽出来,甩在我的书桌上,离开了。

那天我用牛皮纸袋盖住了试卷,在它面前坐了好久。这件事在我所理解的世界里是绝不可能发生的,一个五彩气球般美丽的梦,在我面前咻地被戳破了。你虽然对我严厉到近乎苛刻的地步,却始终是正直的,你教会我向被我伤害的同学道歉,教会我不要无缘无故撒谎,你要求所有老师对我严格。也是你,将这沓魔鬼一般的试卷,事先披露在我眼前。对于模拟考,我多么自信。我相信自己可以答出每一道题目,将答案工工整整写在卷子上。我甚至有些期待考试时打开试卷的那一刻,就像厉兵秣马过后迎来一场激战——我已磨亮了刀枪,准备出招。可你却用你以为的善意,毁掉了所有这一切。

夜深了,我关掉台灯,摸黑将那沓试卷放回档案袋。我在黑暗里流着泪,却不知道自己究竟在哭什么。也许只要什么东西在心里破碎了,眼睛就会流出泪水,好让世界模糊。那是一个人努力缝合破碎之物时,必然会生出的湿漉漉的东西。

那次考试于是变成了一场艰苦沉重的角力,我的骄傲同你所谓的捷径之间的角力。我记得考试时我瞪大了眼睛,额头上渗出汗水,我调用浑身所有的气血和力量。我不能输,一旦输了,错的就是我。最终我奇迹般地战胜了,除了语文作文扣掉的三分,所有科目都是满分。

但是很快,班里响起了别的声音,他们说我是老师家孩子,一定是当妈的给偷了题。其实,那晚在关掉台灯之前,我偷看了语文试卷的第一道题,选项A出现了"旖旎"这个词,我记得很清楚,可模拟考并没有出现这道题。

经过一番添油加醋,我们俩在他们口中变成了罪恶的同谋。你知道吗,何大霞,我的骄傲赢过了你的捷径,最终却被碾碎在了众人的口水里。出于不同的理由,你和我,都没有为这件事辩解。

我时常会产生一种错觉:我生活的世界是由你精心打造的,你布置了其中每一件将要发生的事,安顿好每一个和我打交道的人;我说着你交到我手里的台词,像一只提线木偶在你手掌心跳舞。这大概就是为什么,当我在大学宿舍里第一次看完《楚门的世界》,整个人无法自控地颤抖起来,哭哭笑笑,疯了一样。我三天没有去上课,在被子里发起高烧。我知道真相太晚了,这真相带给我的,远非悲伤这一种情绪这么简单。我开始从根本上质疑自己的存在。

这么说并非无凭无据,空口诬陷。初三刚开学时,隔壁班一个男生总拿着习题册来我们班门口,他看上去憨憨厚厚,出现时会猫着腰小声问门口的同学:你们班冯大神在吗?他会整理好最近做不出的数学题和物理题,近乎虔诚地问我解法。我从未被这件事困扰过,反而觉得那些题目相当有趣。直到你找到我,问我他是谁,为什么来,想要干什么。从那之后,他再也没出现过。

小学三年级,班里转来了一个叫高毛毛的女孩,比我小一岁,个头刚到我肩膀,脸蛋圆嘟嘟的,喜欢梳两只麻花辫,漂亮的卡通发卡别在头顶。在上大学以前,我始终都是一头短发,你说短发好打理,方便应付学校的检查。所以每次走进理发店,你都三言两语说清想给我理的发型,我则在理发师的剪刀下一次次变回假小子。我打心眼里羡慕高毛毛的麻花辫,喜欢她五颜六色的发卡。我夸她发卡好看时,她眼睛亮晶晶的。可她在学习上实在不大灵光,老师讲了很多遍的题目她仍一头雾水,被叫起来回答问题她也一脸迷茫。家长会上,独自一人抚养她长大的姥姥跛着脚,将肥大的身体塞进窄窄的座位。她都会先扶她坐下，然后再安静地坐在顶楼的天台上，把脸蛋放在两根防护栏之间。

我是班上的尖子生。班主任说要"一帮一"，高毛毛成了我的同桌。我们每天分享零食和文具，她会从头上摘下发卡给我偷偷戴一下，我会把新买的自动铅笔借给她用一下午。我帮她写课外班的作业，她替我放风让我安心看课外书。她每天挽着我的手臂走在学校里，她以我为傲，那是我从未体会过的感受。你或许察觉到了我的变化，开始试探我，终于在我的课本中找到了蛛丝马迹。

那是我们上课时交换过的一张小纸条，毫不起眼，夹在语文书里，比小手指还细。你用力抖动那本书，纸条飘落，上面写着放学后去买零食的约定，简单直白，甚至不足以称为罪证。你于是将我的课本甩在床上，这个动作意味着漫长说教的开始。你舔着指尖一页页翻开它，我写在课本上的字从某一页开始变得粗犷、随意，完全不像是你亲手调教出来的学生。

"不行，得把你俩调开。"你当机立断，做出了审判，"都把你给带坏了。"我知道事情已无法挽回。

第二天一早，班主任将高毛毛调到讲台边的位置，那是差生才会坐的座位，目的是不让她和任何人有交集，监督她，孤立她，教训她。高毛毛拖着长长的鼻涕收拾课桌里的书本。她几次停下来，哀求般的望向我，希望我能为她求情。她一下课便冲到老师身边，两只手死死拽住她的胳膊。见她没有反应又转身跑来拽我。"咱们去求求老师，"她边哭边摇晃我，"一定可以的。"

很多很多年以后，她做了空姐，发在朋友圈的自拍圆嘟嘟的脸蛋依然很好看。她结了婚，做了母亲，生了两个孩子。我却始终没有勇气给她点赞。因为在她最绝望的时候，她流着泪哀求我的时候，我低头避开了她亮晶晶的眼睛。我和老师两人都心知肚明，只让她一个人变成了那个真诚的小丑。

从那以后，我感到自己的心必须硬得像块石头。只有这样，才不会摇摆，不会痛苦，不会崩溃。在少年时代动荡不安的世界里，麻木是我唯一的解药。

我没有朋友了。可是你说："长大以后你就知道，根本没有朋友这回事。等你自己厉害了，成功了，朋友有的是。"我没有反驳你，虽然我当即发现了这句话的逻辑漏洞，但逻辑救不回我们俩的友谊。

我没有朋友。不知是受了你的蛊惑，还是天然就惹人讨厌，从小到大，我没有过一个知心朋友。我像是被安插在弓弦上的一根箭，锋利，要强，总想着被发射到更高更远的地方。我压根就不像同龄人，个头比他们高，发育比他们早，读的书比他们多，成绩比他们优秀，谈吐得体，动作稳重，更像是他们的长辈。

高一艺术节,隔壁班准备了一段西班牙舞蹈。我们班是中规中矩的大合唱,在侧台候场。隔壁班的女孩穿上艳红的大摆裙,男孩穿一身黑色燕尾服,他们拉着手在热烈的音乐中翩翩起舞。男孩将女孩托举到半空,女孩在男孩的胯间飞舞。他们一定是排练了很久,才能和鼓点配合得天衣无缝。舞台上炫目的灯光、晃动的红色裙摆让台下沸腾起来,整个剧场的学生都起身鼓掌。

我在音乐停息的当口说了一句话,躁动的后台顿时安静下来,他们回过头看我,像看一头嗜血的怪物,一个女孩借着舞台的灯光恶狠狠回瞪了我。

我说的是:"一点也不像学生的样子。"

现在想来,这话是你经常说的,梳长发辫不像学生的样子,紧身牛仔裤不像学生的样子,轻佻的动作不像学生的样子。我听得多了,接受了,内化了,变成了我自己。遗憾的是,我常在不经意间从自己身上瞥见你的影子。有时在照镜子时,我分明能看见你,一样下垂的嘴角,眼周一样的皮肤纹理,一样的神态和五官。我感到恐惧,因为我发现,我永远都不可能是我自己了。

成年后,我会反思自己性格哪里出了问题,为什么交不到一个朋友。毕竟我已经刻意改掉了被你内化的习惯,学会了打扮,克制老气横秋的一面,掌握了用幽默化解严肃和尴尬,只为了让自己更像同龄人一点。后来发现,从小学到高中,你都没有给我交朋友的机会。除了学习,七岁到十九岁的这十二年没有在我记忆里留下任何其他的痕迹。

春游和秋游是小学生最兴奋的两件盛事。学校会放上一天假,清早全班背上好吃的零食,坐租来的大巴车,一路叽叽喳喳,到春光明媚或是落叶满地的山里、游乐园、动物园郊游。每班的老师会选一块空地,铺上餐布,将写有班号的木板插在附近的草地里。老师们会分配谁和谁一组,让孩子们结伴出行,临出发前把事先准备好的牛奶和面包放进每个人的小书包。所有人踩着木桥走过小河,一路欢笑着跑上山,在午后暖烘烘的阳光里看山下的红叶和城市。玩累了就倒在餐布上吃吃喝喝,聊聊游戏和电视剧。天黑之前一身尘土地回家。

这些当然都是我的想象。

因为从小学一年级到高中三年级,我从不被允许参加任何集体的郊游活动。我是那个不折不扣的异类,在老师统计名单时孤零零地举手,又在众目睽睽之下谎称自己身体不舒服。大家看惯了我的伎俩,不会多问,只会偷偷交换眼神。我哭过闹过,抗议过冷战过,可依然没有获得你的批准。你说山里很危险,路很陡峭,说大巴车经常会出事,有一年河里淹死了一个孩子,家长哭得快疯了。"我不能冒这种险,我可承担不起。"

你说。我信了。于是暗自盼望着郊游的同学们出事,只有他们出事,才能证明我的正确,才能让我一整天的坐立难安变成一种合理的忍受。

结果,他们每次都能平安返回,一个不少地回到学校。他们回来后,我能感觉到班里的磁场微妙地发生了改变,在我和他们之间形成了一道看不见的屏障,他们说的事、聊的话、关心的东西都和以前不同了,周遭变成了我不能介入、更不能理解的时空。它扭曲变形,一切都不再是原来的样子。

我和他们始终是不同的。如果将这不同理解为一种独特的、让人自信的属性,倒还可以忍受;但现实往往不是这样,在所有人眼里,那只是一个成绩优异的孩子享有的豁免权,一种将她和其他人区别开来的令人讨厌的骄傲。可在读小学的我看来,那不过是一次又一次手法巧妙的折磨,它让我磨去童真的棱角,过早学会了隐去自己。你却说,那是为我好,为我着想。

于是在一个五十人的班级里,总有一个格格不入的小女孩,每天在别人喝订的乳酸奶时,她只能坐在那里,想象自己和他们一样,将那袋子咬开一个小小的豁口,把酸甜的奶挤进嘴里。运动会上,周围人都在交换膨化食品、零食和干脆面,只有她抱紧自己的书包,因为里面只有两根黄瓜、一颗西红柿和三个香蕉。她没法和任何人交换，因为那太不招人待见了。她只能默默吃掉它们，实在吃不掉，就在回家前将它们丢进垃圾箱。

学校外的烧烤摊，她放学后和同学们走到那里就分开，因为她知道母亲就在来接她的路上，她绝不允许她吃这些。只有那么一次，她没有忍住，用兜里唯一的一枚硬币买了一根烤肠。她正和一群同学一起，兴冲冲将烤肠的一端塞进嘴里，一种前所未有的融入集体的幸福感从胃的深处升起。

有人将她手里的竹签夺走，上面还剩下一大半烤肠。她站在原地，第一个反应是想钻进地底，让自己从人群中隐身，她害怕那人会当众让她难看、让所有人难看。

结果那个人只是接过剩下一大半的烤肠，一口塞进自己嘴里，把竹签丢在一旁的纸盒箱。我们什么都没说，我庆幸你什么都没说，一路上我都在自我告解，就像一个有罪的人同神父告解那样，我在意念里跪在你面前，忏悔自己的不自律、贪婪和欺骗。虽然我只是吃了那一口烤肠而已。

读初中时，你要求我每天中午和你一起吃饭，你会和我一起巩固上午学习的知识点。我们坐在学校教职工食堂的饭桌前，突兀得就像两个走错片场的人，你大声问我问题，我规规矩矩回答。桌上、身边、周围都是我的任课老师、隔壁班的老师，他们会饶有兴趣地看上一会儿，然后语带羡慕地走开。他们称赞你的细心、用心，是个多么称职的母亲。我却感受不到一丝成就感，只觉得被一双双审视的眼睛盯得透不过气。那个机械回答问题的我，嘴里塞满饭菜、大脑还在飞速运转的我，变成一道卑微的景观，和公园里的假山、动物园里的猴子没什么两样。

上高中后，我庆幸自己终于可以安安静静地吃饭了。你却要求我继续去你单位的食堂吃午饭。理由是：饭菜新鲜健康，免费，而且离我的高中不远。我开始说什么也不肯回去，因为那时我的成绩已经一落千丈，在全省最好的高中最好的班只能排到中下游。为了提升应试的水平，老师们不讲课本里的习题，而是带领整个班专攻难度更高的奥赛。我常常听着课，发现自己在哭，眼泪已经打湿了课本，因为不知道老师在讲什么，只能像个傻子一样张着嘴瞪着眼。同班同学大多是各个市县、学校的状元，他们比我更自律、更聪明、更优秀、更有冲劲，他们拼命提问，不知疲倦地学习，解出一道道难题。只有我，对自己感到失望。

何大霞，你一定也很着急吧？每次考完试，你都会对着我的成绩单唉声叹气。高中的课程你再也应付不了了，没法到新华书店为我挑选练习册，更不能冲进办公室要求判卷老师做点什么。你只能四处打听，带我一趟趟跑补习班。偏偏那几年抓得紧，原本像春笋一样遍布街巷的补习班纷纷撤下牌匾，转战地下。

你还记得那个冬夜吗？你扯着我羽绒服的袖口，我俩踩着厚厚的雪，像两只鸭子一样追赶那辆公交车。你踩在一块冰上，一个趔趄滑倒在地。我被你拽倒了。我们爬起来，追上了那趟公交车。下车后，我们走了好长一段路，来到一处没有路灯的民房小院，七拐八拐钻进一座红砖房。家长们三三两两站在走廊里，跺着脚上的雪，低声交谈。走廊里的灯泡忽明忽暗，随时都可能爆掉的样子。我俩抖掉帽子上的雪，一步步穿过人群。

"教室"的门半开着，我踮起脚，看到这间二十平米不到、锅炉房一样闷热的屋子里，活活挤进了二三十号人。一个个黑乎乎的脑袋。一股暖气片的铁锈味让我很想吐。

一个卷发的中年女人走过来，拦住我，将我从头到脚打量了一遍："你是谁带过来的？"

我没听懂。反胃的感觉越来越强烈。刚刚摔倒时你愣没撒手，我的手腕狠狠扭了一下，疼得钻心。

"让孩子先进去听课，死冷的天，我们大老远赶过来的。"你推了我一把。那个据称是"市先进教师"的侯老师在讲函数，语速快得叫人透不过气。门口的一个男生回头看了我一眼，又迅速低下头记笔记。

"你等会儿，"卷发女人钳住我扭伤的手腕，我咬着牙，眼泪差点儿掉下来。"我们这课学生都是有数的，不是侯老师本人推荐的，我们不敢收。"

"都是二中的，我们家这个还在优班，差不了。"你眯起眼睛，又推了我一把。"要是不让我们孩子进去，小心我举报你。"你忽然瞪圆了眼，提高了音量。一屋子黑乎乎的脑袋齐刷刷变成一张张脸，每张脸都和我同龄，每张脸上都写着不耐烦。

"得了得了，进去吧，下回别来了。听这一回，不收你钱。"我又一次被推了进去，门从身后关上。

说是教室，其实只是个仓库，陈年的桌椅散发出腐朽的气味，和暖气片的铁锈味混搅在一起。我没有座位，只能和一个女生挤同一个桌椅。那节课讲了什么，有多大作用，我完全来不及判断。在我的想象中，你已在门外和那个卷发女人扭打作一团，几个家长把你们拉开。不是侯老师推荐的，不算是这个秘密团体的一员，你刚刚又威胁说要举报。那群家长个个都不是善茬儿，他们会抡起门口的砖头，砸向你。

那是最难熬的两小时，我一面努力遏制想吐的冲动，一面告诉自己你那么厉害、用不着我去解救你。等我昏头涨脑走出教室，看到你从忽明忽暗的走廊的另一端出现，一瘸一拐走向我。

"蹲太久了，也不给把椅子。"你轻描淡写，拍了拍羽绒服袖口的灰尘，"咋样？老师讲的？好的话下回咱再来，不用理他们。"

我说谎了。我说他教得一般，讲课没什么重点，糊弄人。其实是，我不想再看见你为了我，为了那张轻飘飘的成绩单，把自己卑微到尘埃里。

那段时间，白天我疲于应付上课和大小考，应付老师的提问，晚上再应付你。我不知道自己怎么做，才能从这场看不见尽头的战役中解救你。只有在你睡下之后，那屋的灯光熄灭，我才感到自己从内而外被释放了。我会直挺挺倒在房间的地板上，头对着窗子那面，仰头看天上的星斗，听院子里的狗叫声。

十六岁，有很多梦还在做，很多路还没有走，众多未来还没有定论，我却只想到了死。因为重复的遭遇让我无比确信，我的梦做到了尽头，目之所及都是浓雾，未来是一条幽深的隧道，我走到了死胡同。有几次，在你睡着后，我偷偷溜到厨房，拿起最尖锐的那把剪刀，将冰凉的刀尖对准自己的手腕。我想毫不留情地直戳进去，用最大力气将它刺穿。我确信自己根本感觉不到疼痛，因为当一个人的内心被绝望占据，任何外在的伤害都是微不足道的。那是十六岁的夏天我最想尝试的事。

可是我一次又一次地退缩了。我回到那个贴满奖状的房间，看着书柜玻璃后面我俩的照片。我死掉之后，你会怎么样呢？会心碎吗？还是会疯掉？你常说要为我铺好路，把我送去北大，这样你死都安心了。现在我非但去不了北大，可能连本地的大学都考不上，你会恨我吗？照片里，我只有五岁，坐在公园的秋千上，你站在我身后，将我高高提起，在落下的瞬间老冯抓拍了这张。那时我多开心啊，被你们爱着，保护着，以为自己拥有整个世界。

我最终还是听了你的话，舍弃了和同学一起吃午饭的机会，到你单位吃饭。从高中到初中那段路的两侧，原本是一排低矮的小房。后来城市改造建起写字楼，办起培训班。过去的痕迹只留下一个窄小的店面，卖新疆烤馕饼。我以前多想吃那烤馕饼，但你说他们用手抓，不干净。每到冬天，风刮起来的时候，那段路变得很难走，上坡，积雪，打滑，风把羽绒服帽子吹得簌簌作响。我不得不捏紧领口，风才不会灌到肚子里去。

同样难的还有面对从前的老师，他们会热情地和我打招呼，拍我的肩膀，问起我高中的课业，我还是他们的荣光，我的照片还贴在校门口的光荣榜上。为了避免被他们关注，我会躲在食堂水池旁边的角落，低着头吃完饭，再心惊胆战地离开。每次踩在食堂的碎花地砖上,都会让我喘不过气。有几次我逃掉了,没有出现,你马上发觉了,晚上跑来问我:是不是又吃了不该吃的盒饭?不用花钱又能吃好,你死要什么面子?这么好的条件你为什么不珍惜?

好吧何大霞,我没告诉你,那天我买了一块烤馕饼,塞进嘴里,饼硬到咬不动,我把它吐出来,丢在路边的垃圾桶,心里却满意极了。

填报高考志愿,我在桌上摊开地图,用荧光笔将吻合分数的城市标注出来,然后毫不犹疑地选了离家最远的那所学校。

离家前的晚上,你蹲在客厅里,将各个季节的衣服塞进你特地买来的行李箱。你不停嘀咕着:这件是不是太厚了、南方穿不上;那件是不是太素了,让人瞧不起。你过来喊我:来试试这件,昨天刚买的,穿去报到正好。我靠在床头,听见你的拖鞋在地板上摩擦的声响,蓦地产生了幻觉:去上大学的人,应该是你,我只是替你完成了我的这部分而已。

等你睡下,我坐在地板上,背靠着床,端详起这间住了十几年的小屋。上小学那年,你托楼下的泥瓦匠从客厅的东南角隔出来这间十四平米的小屋。我一连几天闷闷不乐。刷墙的油漆太刺鼻不说,这面墙将我和你隔得老远,睡觉时做了噩梦要绕一小段路才能到你的房间,咱俩曾经的房间。我以为你不想再看到我，你却说东南侧的阳光最好，冬天不冷夏天不热。

我拉开书柜底下的抽屉，满当当十几本档案袋，你用艺术字在每个袋子上写"冯子璇 小学×年级"、"冯子璇 初中×年级"。我打开其中的一个，有我写的作文、参加比赛的入场券、艺术节合影、考试试卷、班主任写的操行评语、入团申请书、中考成绩单、高中录取通知书……你把它们一张张叠好，对齐，用曲别针别好，按年份分类。你在每个纸袋里塞进一张纸，写上我的进步、我的问题，画上笑脸和哭脸。我从不知道你会做这件事。

另一个柜子里全是我的影集。你花了差不多一整年的工资买了一台胶卷相机，追在我屁股后面拍。你说要留下纪念，我不知道这个词是什么意思；为什么我总看不见你的脸，只能看见黑洞洞的镜头。你从不像别的母亲，会把我抱在怀里，和我亲昵。你只会举起相机，对准我，咔嚓咔嚓。我是你的一件收藏品。所以你也会害怕失去我，对吗？

那天晚上你去幼儿园接我，路上遇见接孩子的家长，怀里抱着、肩上扛着、背后背着自家的孩子，乱哄哄往医院跑。他们说，孩子中午吃坏了东西，食物中毒了。你不管不顾地跑起来，高跟鞋跑掉了也全然不知。我那天见到的你，披散着头发，只有一只脚穿了鞋。你一见我便从头到脚检查我，好像非要从我身上找到什么才肯罢休。午饭时，我小声和老师们要肉丸吃，她们并没有听见，所有小朋友的碗里都有几颗肉丸，除了我。那天你夸了我，少见地夸了我，可我并不知道自己做对了什么。

高中住校后，我打电话给你，你突然在电话那端哭喊起来，拼命叫我的名字，话筒传出你的抽泣声。我以为你疯了，那样我将无法承受。等我很快再拨回去，你哭着说，电话串线了，你听见有人在朝我吼，说要把我骗走。电话并没有串线，不是吗？是因为我们俩被迫捆缚在一起，所以两个人的生命才无法整全吗？

你总说我的人生太顺了，所以才不知感恩，不肯报恩，连为你生养下一代都这么费劲。何大霞，你知道我莫名其妙地总被同一种男人吸引——他逃过学、打过架、做什么都不管不顾；他蔑视规则，有着某种令他痛苦却无法被驯服的气质，会冷不丁被仇恨冲昏头脑，然后用暴力去反抗。这种男人就像一块晶莹剔透的坚冰，能一眼看穿他体内的气泡。我渴望自己承担拯救者的角色，用体温将他慢慢融化。那样使我快乐。但也正是这种男人，如岩浆滚着烈火穿透我的身体，灼烧我的五脏六腑，在我身上留下伤疤，一次次撕毁我的信任。我如野草一般被他们反复践踏。每一次恋爱，我都不得不将希望寄托在对方的品格上，祈祷他不会伤害我，不会对我的痛苦坐视不管。可一旦他真这么做，我却只有一步步退让，柔弱得令自己痛恨。

从一个个飞扬跋扈的男人身上,我体会到十二岁那年,我亦步亦趋地跟在你身后,那种想要走掉又逃无可逃的幻灭感;体会到明明想要被人接纳,却在背后偷偷诅咒他们翻车掉下悬崖的扭曲。我一次次重返过去,希望自己能做些什么,好让那个在人群里手足无措的小女孩稍稍安心一点。可我什么都做不了。

如果我连自己的童年都无法消化,又怎么给另一个人童年呢?

我还有很多秘密没有和你说过。为了吃到不被允许吃的零食,我从学校的食杂店偷过两根棒棒糖,和同学借钱买过冰棍,幼儿园时曾从地板缝里抠别人掉的"华华丹"放进嘴里,只因为太想知道那是什么滋味。那天下午我并没有去学校补课,而是参加了小学的最后一次春游,一个我喜欢的男孩牵了我的手,虽然只有一下,还是让我对爱情有了向往。老冯离开你之后,我每隔一段时间就会去见他,他看起来疲惫而快乐,比和你在一起时更阳光。高中时我逃过一次学,我什么过分的事都没做,只是在学校对面的小花园里,蹲在地上,盯着土里奔忙的蚂蚁,像小时候那样。

我被强奸过一次,对方不是弹钢琴的干干净净的男孩子,我也没有"不知检点",我只是走在路上而已,一个五十岁上下的大叔就对我下了手。我堕过两次胎,一次差点儿要了我的命,一次让我怀孕的几率几乎降为零。

我曾怀疑自己只喜欢女孩子,因为大学时一个同社团的女孩让我心动,我们都不擅长处理这种事,最后只能假装成为陌生人。大学毕业后,我没有去什么教育机构打工,那半年我只是个无业游民,成了你最厌烦的那种普普通通、不知上进的人,每天宅在出租屋里给淘宝的店家刷单。我也没有被那种了不起的大公司聘用,而是在小区的一个辅导班教小孩子弹钢琴。对了,我偷偷学了钢琴,几乎用光了手头攒下的最后一点钱。

我从未真正接纳过自己。有两三年我都在同抑郁和焦虑缠斗。我笑着和你视频,听你讲谁谁家的孩子考进了好大学,谁谁家的孩子找到了年薪过五十万的工作,谁谁家的孩子当了妈;听你回忆我的童年和青春期,讲起你曾为我骄傲的时日。放下手机,我又会陷入自责的泥沼,无数次想杀死自己。最严重的那年,我不敢出门见人,不敢坐没有屏蔽门遮挡的地铁,不敢独自一个人待着;我害怕深夜的寂静,害怕阳光灿烂的日子,害怕生机盎然的春天。比起春天的生机和夏天的躁动,我更爱秋和冬,尤其是阴郁的、飘雪或大雨滂沱的时节。只有外界暗淡下去,我的心跳才能平稳,我才不必假装正常。

眼下我又搞砸了。只因为一个男人说，你差点儿意思，我便跑去整了容。照镜子时，我终于看不见你的影子了，只能看见坏死的鼻头，还有不对称的眼角。医生说他尽力了，不满意可以去告他，"你告不赢的。"他威胁道。我已经哭了三天三夜，疼痛让我失去理智，我没有力气再和这世界争斗了。

何大霞，我恨过你，但我现在决定不这样想。我想过要摆脱你，但我发现自己离不开你，正如你离不开我。我原谅你。我最终原谅了你，不是因为你老了，日渐瘦弱，而是唯有这样，我才能保全自己最后一点完整。

早上睡醒后，我敞开卧室的窗。金灿灿的阳光像水一样流淌。我将上半身探出去，微风轻拂在我臃肿的脸、曾被我划破的手臂、被人侵犯的腰身上。我感受不到疼痛、恐惧，或是悔恨。你的收藏品，你的工具，你的附属，你的我，我。

沙尘暴过去，雾霾过去，阴雨过去，我选了个好日子。

是时候为我们的故事写下结局。

2021.3

徐安娜

一

徐安娜为自己选了一块城郊的墓地,八十厘米见方。

推销墓地的男人打趣道:"头回见自己麻烦自己的,来的都是子女。"徐安娜笑笑,没言语,把买菜用的布兜摊在玻璃茶几上。掂了一路,左右提防着,怪累。"数数,看少不少。"她抬头看,四面墙挂着一排又一排墓地的照片、选址和价格,宣传语写得铿锵有力,像是中介在卖房。她选的价格最合适,挂在右上角,被柜子上垒起的纸盒箱盖住了一半,只有她这双老花眼看得真切。

来的路上,她先去了趟小区楼下的银行,柜台的小伙子生怕她受骗,反复提醒:"阿姨,不要大额转账汇款,现在的骗术可高明。"

"我取现金急用。"

"取这么多干什么用？"见她没吭声，小伙子继续，"我们行提取大额现金要至少提前一天预约的，阿姨。今天算您走运。"

临走前，她在评价服务的机器上按了差评。年轻人，最要不得的就是多管闲事。来的这趟，大太阳底下走两趟街并不容易，何况手里还掂着重物，要到马路对面坐公交车，得先走上天桥。徐安娜摇摇晃晃腾挪着步子，小心避开横冲直撞的送外卖电动车。天桥底下的环城路上，车子排成排，轰隆隆朝前开，拥堵后响起一片喇叭声。徐安娜是看着这条公路和这座桥建起来的。二十年前她年轻气盛，联合几幢楼的老住户，联名写信给主管城建的部门，个个用红印泥按了手印。这是他们共同生活的地方，什么都要管一管才好。楼道里常年不清扫的杂物、楼下时常被人破坏的单元门、年久失修的报刊信箱、四处乱跑踢球的熊孩子、流浪汉出没的垃圾站、狗和人乱拉乱尿的院子，没有一件事让人放心。过了年，原本清清爽爽的小街要扩建，早晚散步遛弯的小花园准备拆掉，路边的菜摊和中药房也一并清走。如果这还算不了什么，那建起这条公路、昼夜不停地跑车就是要了所有人的命。斗争了大半年，印有他们红手印的信不知所踪，楼底下还是叮叮咚咚地开工了，打钻和开凿的咣咣声似一记记重锤砸在她心口。她和街坊四邻跑到工地上围堵工头，骂施工的工人，桥和路还是如期建好了。他们的红手印最终换来了一点点妥协,公路两侧修了隔音板,竖了一块毫无用处的"禁止鸣笛"的标识。

嘀嘀——一辆电动车从徐安娜左手边嗖地开过去,吓得她赶紧捂住沉甸甸的布兜。这城市没救了,彻底失控了。她想。

这样想着,她趔趄了一下,险些摔倒。徐安娜讨厌心有余而力不足的感觉。人和这城市一样,都需要健康有活力的机体,任由它衰朽是不行的。连自己身体都掌控不了的人,常常只顾得上有一日没一日地活罢了——近几年这种感觉愈发强烈了。

今天早上醒来,她感到右半面脸黏糊糊一片,用手一摸,是自己睡觉时流的口水。她忙打了一盆水把脸洗净,再回来便睡不着了。看表才凌晨四点,天将亮未亮,她穿好衣服下楼散步。一只上了年纪的流浪猫钻进灌木丛,因为常年风餐露宿,灰不溜秋的毛一撮一撮粘在一起,步态蹒跚、失魂落魄的样子。徐安娜想起在睡梦中被口水淹没的自己,心里空落落的。经过垃圾桶,她往里探了探头,这个时间上班的还没起床,还没人丢矿泉水瓶、纸盒箱和外卖盒子进去。捡这些破烂倒不是图那几块钱,只为了找点事做,看上去像个有用的人。

"嗐,生生死死,就是那么回事。这墓地现在入手正合适,不然过了国庆又得涨价。没办法,街道一治理,店面房租就蹭蹭涨,别管是做哪行的,都得吃饭不是?"

不会错的,这笔账她足足算了大半个月,从预感自己死亡的那一刻开始。

那是个飘着细雨的清晨,从一楼的窗子望出去,院子里刚开的樱花和丁香花瓣湿哒哒趴在树杈上。窗台上的迷迭香原本开得正盛,也被雨淋得乱蓬蓬,微卷了叶。徐安娜的膝盖隐隐作痛,起身时发出钝响。梦里,泥土地伸出一只枯瘦嶙峋的手,死死钳住她的膝盖骨,连着小腿像被人用锤子抡了一下,她哼叫着醒过来,心吊在嗓子眼,扑通直响。勉强睁开眼,她说了句:"大志、老陶,我就来找你们了。"

三个月以前,老陶滑倒在卫生间门口。徐安娜正在里屋练习老年大学布置的一首新歌,唱到副歌高潮处,屋外传来重物倒塌的一声巨响,地板抖了三抖。电话那端,急救专线的接线员劝她"阿姨别急",但听起来他才是急的那个。救护车开进院子,她看见老陶被五花大绑、捆上瘦瘦的担架,一步三摆出了单元门,被人像丢垃圾袋一样甩进救护车的后备箱。她从衣柜底下抽出老陶的身份证和医保卡,放进出门必带的小黑包,里面还有她自己的。临出门,她往迷迭香的盆里浇了水,叶子还绿着,茎也挺得直。

从意识到自己断崖式衰老的那一刻开始,她就一直在等这一天,或者说,一直在为这一天的到来反复练习。

二

五十岁出头刚从药厂退休,徐安娜还怀抱着"为社会发挥余热"的新鲜感。欢送会上,药厂的老领导将烟蒂捻在烟灰缸里,眯起眼睛冲她说:记得常回厂子看看,毕竟三十多年,比亲人还亲呐。她嘴里说着一定一定,其实从十七岁接母亲的班进厂,她就在等待退休了。

从小,徐安娜就羡慕在院子里的树荫底下围坐的老人,她喜欢凑在他们身边,闻他们身上混合着膏药、樟脑丸和肥皂的气息,想象自己也像这样不急不缓地生活。看他们多从容啊,不急不缓地抓起扑克牌,喝从家里带的茶叶,瓜子磕得噼啪响,聊天吵架都理直气壮。而她却要强打精神去厂里上班,在工作间做同一份活,和一群比她年长很多的人待在一起。厂子的设备换来换去都是崭新的,可人总是那么一批,聊的无非是婚丧嫁娶。她和他们一样一年年衰老,踩着他们的步子过完一生,把经验熬成资本,然后换取国营药厂工人对外吹嘘的一点权利。

能进国营大药厂是能往脸上贴金的喜事,一眼望到头的职业在那个年代意味着荣耀、安稳、旱涝保收。她也认。穿上乳白色的工厂制服走在街上,"人民药厂"四个红字绣在胸口,走路都会不自觉地挺直腰板，连和人说话音调都高上三分。结果八十年代，厂子被转卖给了私人老板，据说是"贱卖"，原来的领导捞了不少好处。工人们私底下嚷嚷着不公平，但还是每天骑着二八车子去上班，铝饭盒做了标记堆放在锅炉上，路过公告栏的时候多瞄上几眼，看看市区的领导哪天来检查、厂里的药品抽查结果、报纸上的新闻、人事变动。

年关将至，厂里的大院积了厚厚一层雪，正午阳光直射，白花花晃得人睁不开眼。徐安娜咯吱咯吱踩着雪，参加年前最后一次员工大会。台上的领导说起下岗的事，语调铿锵：不管在哪里，都不妨碍为社会发光发热，这是时代的选择、历史的必然。说到这里，麦克风发出高亢而持久的鸣响，所有人都下意识地用手捂紧耳朵。多年后工友聚会，每个人都有了孙辈，还有的入了土。聊起那天发生的事，大家说得最多的就是"听不见了"、"什么都听不见了"。

徐安娜没有捂耳朵，她大概是人群中最放松的一个。虽然那一年，弟弟徐安泽被一辆运煤的货车撞倒，开车的人逃逸，弟弟人事不知地躺进了医院。也是在那一年，母亲患上一种不知名的病，像被人偷偷放了气的气球，一夜之间消瘦了下去。

"你啊，死脑袋瓜子，你也给你们领导送送礼。一个女的，一不会溜须拍马，二不解风情，谁稀罕你！"高全顺浑身酒气，一根手指直愣愣指向她，之后他忽地眼神恍惚，身子一歪，倒在床上，呼噜连天。几个星期前，她原本要去医院看母亲，快走到医院才想起做好的饭落在家里。回到家门口，她听见门内传来一个女人的声音。她想径直闯进去，看看那女的长什么样，但最终还是转身离开了。那晚，屋子里始终悬浮着一股气味，不属于这里，既不香艳，也没有侵略性。

丈夫高全顺起伏的鼾声和置身事外的样子，反倒让她下定决心——非留在厂里不可。她翻箱倒柜寻摸家里的陈年物件，除了一口破锅和接收不稳定的半导体收音机之外，一件值钱的都没有。她从衣柜最底层抱出结婚时存下的布料，想做身衣服送给厂长夫人，比画来比画去拿不准尺码，等明天上工怕是为时已晚。她接着捧出床底下尘封多年的首饰盒，数了数那几张被揉得稀烂的粮票和现钱，捉摸着怎么折算成实惠的东西送出手。一番折腾之后，她跌坐在床沿，猛然想起一年多以前隔壁纺织厂传出的事——事关一个女人的命运和一个男人的兽欲，被传得相当蹊跷。她把布料放回衣柜，首饰盒摆回原处，几乎咬破嘴唇，当即做了个决定。

如果时间是个足可玩弄的把戏，让今天的她再做选择，她也会毫不犹豫地那样做。很多人管这个叫"命运"，徐安娜还是习惯叫它"选择"。

"小徐同志，"刚进药厂时厂长喜欢这么叫她，"要是我再年轻个二十岁就好了。家里的婆娘这里有问题。"厂长指指自己的脑袋。这番常在她耳边响起的话如同犀利的哨声，初听时浑身刺痒，再品却似灵光乍现。

于是二十岁出头的"小徐同志"躲在锅炉房后面只有老鼠窜行的角落，飞速脱掉了工装白大褂，叠好放进事先准备好的皮兜里；接着翻出那条只有在重大场合才会穿的印花长裙，哆哆嗦嗦地从脚跟提到头顶，然后庄重地理了理耳后的碎头发。她闭着眼咬着牙等待，冷风像是一把把飞在空中的尖刀，剜向她的每一寸发肤，鼻腔里溢满这个冬日的凛冽。工人上工的铃声响到第二下，她从黑漆漆的运货楼梯侧身走向二楼厂长室，在对方惊愕的神情中迅速从里面锁上了门。

事情就这样发生了。

做那件事的时候，她在想些什么呢？摇晃的木桌，墨水倾倒，若发黑的岩浆在玻璃上漫延。窗角露出响晴的一角蓝天，窗沿上的积雪静悄悄地融化，麻雀在窗外的楼群之间翻飞。冬日的暖阳洒在花裙子上，把前襟晒得暖洋洋。她并不感到冷。柜子上的草稿纸一张张飘飞起来，其中一张下岗工人的名单写到一半，那张纸上原本该有她的名字。

徐安娜最终留在了厂子里，凭自己的努力。生活一如往常。除了穿那件制服走在路上的时候，总有一种奇特的感觉从心底漫漾而起，好像有什么人把她的身体生生撕成两半，然后将这两半统统浸泡在温吞的水底。醒过来的弟弟告诉徐安娜，那是接近死亡的感觉——不是倏地从熟悉的世界消失，而是一步一步穿过黑暗，走向远方一个细小的亮点，直到周身被刺目的光亮吞噬。

三

"好像梦到过似的。一个人往前走，周围漆黑一片，每一脚都可能踩空。"

"是不是那个时候？你发烧烧到惊厥，我们都吓死了。你都不记得了吧，送你去医院的路上咱妈差点哭出来，姐腿都软了，跟一摊泥似的。"

成为姐姐，无异于一夜之间长大成人，熟稔诸如隐忍、宽容、爱怜一类的微妙情绪。打从记事以来，徐安泽就知道，家里的柴是姐姐劈的，炉子是姐姐生的，饭是姐姐煮的，衣服是姐姐缝的，院子里的鸡是姐姐喂的。父亲走得早，母亲又成天忙药厂里的事，忙着开会、批评和自我批评。姐弟俩就这么稀里糊涂长大，童年非但没留下什么值得回忆的，反而干瘪得像一张死人脸，一个怎么都醒不过来的恶梦。

"嗯，我记得。"徐安泽不记得了。他发现自己有个特异功能，原本是假装忘记，久而久之就真的忘记了。姐姐结婚前夕，他头脑一热，找到那个即将成为姐夫的人，装作一家之主的样子警告他对姐姐好点。说话的语气强硬了些，可绝没有恶意，结果三两句不投机，被那人一拳打翻在地。徐安泽手捂着开裂的嘴角，认定这个男人不可靠，配不上姐姐，那副硬拳头可能会把姐姐给打死。

临近婚期，母亲风风火火地张罗起来，身上产生了某种不易察觉的变化。她眼里时常噙着泪，脸上红扑扑。一天夜里，徐安泽憋尿醒过来，看见母亲和徐安娜盘腿坐在火炕边，哭了笑，笑了哭。母亲鼻子发齉，手帕紧攥在手掌心：咱们家可算熬出头了，你爹走得早，娘身体又赖，小高家成分好，又生得人高马大，从此再也没人敢欺侮你们了。

徐安泽将被子盖过头顶，急促地呼吸着。等年关一过，他就要到隔壁县城的烟厂做会计，远离这个风雨飘摇的家。过去的一个老邻居还打算将女儿说给他，据说人长得不差。他已经开始期待新生活了。做一份体面的工作，住进单位分的房子，娶个顺心意的老婆。所以他暂时不打算将姐夫的那一拳说出来，人各有各的命，姐姐的命兴许就是奉献和牺牲，单靠他一个人也抵不过。

徐安泽一到县城的烟厂，就觉察到左邻右舍的心思不简单。新厂长是县里提拔的，旧厂长有家族撑腰，两派的党羽混杂在厂里，分也分不清，有时一句话出口便得罪一片。他自知家庭成分不好，本就低人一等，只得拿出十二分的精神做事，勤能补拙。要命的是，这个厂自打改制以后，账面看上去就像个马蜂窝，不管怎么理都理不出头绪。新厂长在他进厂第一天就找他谈了话，大意是：人难得糊涂，找你来不是因为你资历多好，比你资历好的，整个县都装不下；得认清自己的位置，叫你做什么你就做什么。

徐安泽听得云里雾里，却听出了威胁的意味。他于是只象征性地理了理账，把一笔烂账又重新誊抄了一遍，锁进抽屉，一个月六十六块的工资照拿，日子也算过得安稳。

这份安稳很快被年节的一次回乡打破了。

那天他提着糕点和水果，兴冲冲往家赶，想给母亲和姐姐一个惊喜。这一年过得艰涩苦闷，他差不多就快忘了姐姐已经嫁人，母亲搬出了老房，也早就忘了那个拳头死硬的男人。徐安泽先是围着院子兜了一圈。从大黑铁门的门缝望去，院子里囤着过冬的白菜和土豆，小菜园里的秧苗被寒霜打得没了生气，笼子里只剩下七八只下蛋的母鸡。他正犹豫着要不要进去，一个烫着一头卷发的陌生女人从屋子里走出来，裹着枣红色的大棉衣。还没来得及看清那女人的相貌，一个壮汉溜达到院子里——徐安泽像被雷电击中一般想起了他，想起了嫁人的姐姐，想起了姐姐嫁人前哭哭笑笑的母亲。他本想跑掉，双腿却像灌了铅，动也动不得。

那晚，在那间熟悉的屋里，三个人闷头吃着菜。姐姐消瘦得叫人心疼，一双大眼睛凹陷下去，眉骨底下留下一弯深坑。

过去无论怎么累，她眼睛里始终都有光，好像急着向什么地方奔似的。这回，她眼底变作一潭浑浊的池水，毫无波澜。光熄灭了。

"再给我盛点饭。"整顿饭高全顺只说了这么一句，其他时候一直头不抬眼不睁地往嘴里扒拉米饭。

徐安泽原本有好多话想对姐姐说。可那个朝他挥过拳头的男人在一旁发出呼噜呼噜的咀嚼声，整个房间昏暗滞重，游荡着一股说不上来的气息。

多吃点。这是那晚姐姐说得最多的一句话了。他瞥向灶台，墙壁被灶火熏得漆黑，他几乎可以想象姐姐猫着腰添柴火的样子，和十几岁时一样，一个人担起全家的家务。他从未被要求帮过一次忙，好像这份活天然就应该由姐姐来做，奇怪的是他自己也不曾主动伸过一次手。从小到大，他吃冰棍、舔灶糖、尝最甜的苹果，穿新做的衣服，姐姐却永远是那个样子，扮演着同一个落寞的角色。

瞧完了病倒的母亲，徐安泽又想赶紧从这个家抽身离开。返程路上，一辆货车将他推入黑暗。半睡半醒之间，他听见了一个有点熟悉的声音。

"手脚麻利点。"——"再给我盛点饭。"是他吗？

"给他点教训就成，别弄死球了。"那声音说。

四

"我得去银行取点钱,你们先走。完事儿我直奔医院。"救护车开走后,徐安娜拦了辆出租车。

她早想好了,如果哪天老陶被救护车拉走,她一定不能坐在后座,不能眼睁睁观看一场抢救。按压胸腔,人工呼吸,插管吸氧,她会不自主地想象所有这一切都发生在自己身上。那不是她期求的死亡。

开车的司机一路都在抱怨。油价太贵,房价太高,孩子养不起,老婆嫌他没用。她付了车钱,关车门前说了句让自己厌烦的话:"小伙子,你活到我这个岁数就知道,光骂是不管用的。"

见到老陶,人已经蒙上了白单子。

处理这种事情,徐安娜最在行。戴上老花镜,深吸一口气,签下一大堆纸,然后有专人跑来谈"生意"。她伏在白单子上仔细端详老陶的脸,每道皱纹都够舒展,和平时睡着一个样。

"子女呢?"来谈"生意"的是个戴鸭舌帽的小年轻,眼神里带着一股游刃有余的老到。递过来的名片上印有"安乐园墓地经纪人"的字样。

"阿姨,这里背山面水,风景好,每个月都有专门的车免费接送家属,专业风水师随行,一对一服务。清明节凭我名片到门店,祭扫费用全免。"她抬头看看他,不过二十岁出头,她一个七十岁的人,说什么都不合适。她不介意商业推销,这种事每天都要经历上百次,她介意的是他上来先问儿女,好像老人就非得和子女捆绑在一起,离了那群小孩崽子就叫人不放心一样。不知道老陶看见这一幕会做何感想。

从看见老陶倒地的那一刻,徐安娜便疑心他是故意摔倒的。

摔倒前一天夜里,屋外风刮得狠,窗外工地临时板房房顶的铁皮哗哗直响。俩人睡不着,黑暗里你一句我一句聊起老死。徐安娜说,不管怎样也绝不能浑身插着管子躺在那里,开膛破肚的手术不要做,尤其不要上呼吸机,"好端端一个大活人,就靠机器维持着,太惨了。"徐安娜翻了个身,盯着老陶模糊的侧影,"遗憾的是好些人都来不及告别,好在也不需要太郑重的告别。"

"死嘛,就是一不小心,庄庄重重的太无趣。"老陶闭着眼,鼻翼翕动着,语调里有欢快的意味。

他俩刚认识那年,老陶已经离过三次婚。第一任妻子是个小学教师,乳腺癌确诊后一个月就过世了。第二任在幼儿园教音乐,做颈椎手术没能下得了手术台。第三任婚后得知了老陶前两任的死,精神出了点问题,从早到晚哭着闹离婚。"你说我是不是个扫把星,跟了我准没好。"徐安娜花了两年时间从他脑子里去除这个魔咒,和他领了证,却老忍不住去想自己的结局。

当初选择和这个男人在一起,就图省心,不用担心他对自己拳脚相向,毕竟这人连句恶毒的话都说不出,和人犯了冲顶多叹几声气。可即便是这样,徐安娜还是会在半夜醒来时怔住,不记得为什么和这个打着鼾的男人睡在一张床上。他是合唱团里唱得最认真的一位男士,他俩的声部合在一起听上去最舒服。可这又能说明什么呢?

第二天,老陶在卫生间门口滑倒,头发潮湿,还冒着热气和洗发香波味。她记得他是个极怕死的人,过马路要紧紧攥住她的胳膊肘,路过施工的高楼会举起两只手护住头顶,生怕被坠物砸中,遇见狗绕着走,怕得狂犬病。痔疮手术上手术台前,他吓得差点大小便失禁,愣把大夫给逗笑了。"非典"那年,他拒绝和任何人见面,连家门口的小公园也不肯去,只窝在家里一遍遍看《孙子兵法》,不得已出门,要戴三五层口罩,憋得额头通红。

直到他死,徐安娜依然看不透睡在白被单底下的那个人,说不上他们共同创造了什么值得回忆的故事。她盯着小年轻的鸭舌帽,见那帽檐上绣着"共商保险"四个金黄的字。徐安娜又为老陶的突然离世找到了一个值得信服的理由。

为了提前逃避无处可逃的死。

五

退休生活不如预想中丰富多彩。清早提着布兜走在院子里，周围净是匆忙赶路的年轻人。过去的街坊四邻死的死，走的走，剩下的几个也是常年卧床，能出门的已是零星可数。房产中介骑着电驴子穿行在这破旧的院子里，装修队一茬接连一茬地进驻，电钻声和刨墙声不绝于耳，反而盖住了公路的喧哗。几幢楼里租房的年轻人越来越多。他们走路时眼睛盯着手机，耳朵里塞着耳机，嘴巴闭紧，好像故意要和这个世界断绝关系似的，哪怕在狭窄的楼道里迎头相遇也会低着头走过去。他们扭头看她的眼神里，防备和敌意全然不加掩饰。

院子太寂寞了。闲坐的人除了她之外，就是收废品的老头，叮叮咣咣敲着塑料桶，操一口听不懂的口音。再有就是小花园里给人剃头的师傅，这几年的价格从两块钱涨到十块钱，来的依然是老主顾，剃头倒在其次，唠家常才是正经事。人到了一定年纪，总要想方设法消磨时间，时间消磨掉了，人也就不那么寂寞了。徐安娜羞于坐在小花园里剃头，却喜欢搬个小马扎坐在一旁听人家说话。

街角的早市经过几轮整治，出摊的不如原先多了。徐安娜也学着和周围老人一样，竖起耳朵，努力识别大喇叭里的打折信息，余光瞟人流的去向，然后挤到最便宜的摊位前，抢色泽最光滑的果蔬。她偶尔也站在卖土豆粉的三轮车后面，看那怀着孩子的女人手脚麻利地刮下一条条土豆粉，再分装在不同的塑料袋里。无事可做是多么羞耻啊，她想。来早市算是一桩事，做饭炒菜算是一桩事，睡觉吃饭是一桩事，除此之外只剩下填不满的悠长时间。

来早市的路上，赶去上班的年轻人步伐轻快地经过她，留下一道风。她灵敏的嗅觉告诉她，哪个人涂了香水，哪个人是宿醉，哪个人刚和爱人吵过架，哪个人正在生闷气，哪个人只是单纯和她炫耀自己身强力壮。如果大志还在，大概就和他们一般大吧。他一定已经娶了个善解人意的媳妇，逢年过节往家里送大批年货，说不定还会把半大的胖小子或者咧嘴笑的小姑娘放进她怀里。

会有一双红彤彤的小手抓挠她的脸。

大志刚出生三天，徐安娜得知高全顺被一个夜总会老板的手下用酒瓶削开了瓢。她拿到了一笔少得可怜的赔偿金，没两周就回到了工厂的生产线上。母亲的病时好时坏，最后索性接回家。现在管这个叫消极治疗，那时候医院只说回家静养。于是她把大志放在病恹恹的母亲身边，饿了喂一口奶粉，拉了擦擦屁股。她能做的不多，顶多是每天从生产线下来，提着空空的饭盒一路小跑，跑到快要打烊的菜市上挑点菜，好喂饱三个人。

母亲和大志过世后,回想起那段时间,她竟觉不出苦涩,反而有种一家人相依为命的安稳感。

脑炎夺走大志的时候,站在医院的抢救室门外,徐安娜反复念叨着医生说的"救不回来了",却死活搞不明白这几个字的意思。她能忍受高全顺背着她找别的女人,毕竟她本就不爱他。她能忍受自己为了留在厂里向秃了头的厂长"献身",因为人要生存就顾不上尊严。她能忍受他先她一步走,因为她没想过和那畜生度过一生。她能忍受很多别人忍不了的事,唯独不能忍受大志离开。以至于多年以后,再提到那孩子的名字,她都在向神忏悔自己的罪过。

徐安娜的心从此没有着落了,空了,死寂一片,只剩下一个声音在回响:再要一个孩子,一个就够了,这样就能在下班后继续听勺子磕碰在饭盒内壁发出叮叮咚咚的快活的响声。

徐安泽两年前娶了妻,对方是烟厂的女工,身形粗短但干活有的是力气。他们连生了俩孩子,一直要不到男孩。他心疼姐姐,想把最小的小小过继给她。

徐安娜抱起一岁多的小小端详半晌,一咬牙,说:"算了,安泽,你养着蛮好,孩子跟了我只有受苦的份儿。"

弟弟低声劝她:"要不是现在政策不允许,我们再生一个也行,反正大的也大了,多养一个没差。"他们家已经为超生付出了不小代价，钱也交了，悔罪书也写了，三次差点儿被抓去打胎，东躲西藏的日子过够了，就差蹲大牢了。

从此徐安娜再也没打过小小的主意，只不停往弟弟家里送小孩子的吃的和玩的。似乎只有这样，在工厂里听轰隆隆的机器运转、齿轮咬合的声音时，才能继续稳稳当当地站着活下去。

有段时间，徐安娜疯魔一般往弟弟家跑，就为了听小小奶声奶气的一声"姑姑"。小小的眼距有些宽，鼻头翘起，头发不多，细细软软，和大志小时候一个样。

"我长大挣了钱，都给姑姑花。"她呼出的空气也有奶香味，温热的脑门抵在徐安娜的脸颊上。小小，一个小小的生命，多好啊，干净无瑕，不曾经历过粗糙世界的磨砺。

"姑姑哪里好？"徐安娜揽住她，在床边摇晃着。那天屋外下了好大的雨，雨滴声声敲打着玻璃。她们像两个找到求生浮木的人，紧紧抓住彼此，任凭外面洪水滔天。

"姑姑是好人。爸爸说的。姑姑对我好。我也对姑姑好。"小小说完，似乎有些不好意思，脸蛋微红。她挣脱了徐安娜的拥抱，从床边跳下来，一个劲儿盯着窗外的大雨看，留给徐安娜一个背影。

不知道为什么，徐安娜有些想哭，却因一时没法给这眼泪赋予一个可信的理由，而不肯放任它流下来。一直以来，她都在寻找某种坚固的事物，好承载她破败的一生。如今她方才明白，人活一世，需要的并不多，只需要关键时刻的一丁点领悟即可。

六

提着菜回家的路上，卖保健品的小伙子往她手里塞了张传单，他喊了声阿姨，声音颤巍巍的。"阿姨，这是我们公司新开发的营养保健品。每天只需要服用一支，精神会好很多，腿脚轻快。"她定睛看他，他说话的时候甚至不敢看自己，紧盯着地面，嘴角微微抽动。

"干这行没多久吧？"

"昨天第一天。阿姨，实话和您说，我也不知道多有疗效，但我们家客户评价不赖。折扣价卖您，买一箱送一箱，够喝半年的，还送个马扎。怎么样？"她差点儿说，别想坑我，我年纪虽大，但还没糊涂到这份儿上。

"两箱有点沉，能帮我送到家吗？"最后她说。

小伙子姓陈，学的是维修专科，因为打架被学校开除了两次，又厚着脸皮回去，好不容易熬到毕业，又失业了。父母都是附近县城的，平时男的开货车跑公路，女的就陪在一边洗衣做饭，人称"卡嫂"。徐安娜从侧面端详那孩子的脸，他说这些话时神情再平淡不过，好像在讲别人的事。

抿住的嘴角，茫然的眼睛，让她想起很多很多年以前，在那家不大的县医院里，有个把她从死亡线拉回来的男人。

食物中毒让她名正言顺地躺在那里，休克来临前一秒，她隐约看见他给她插上氧气管，急切地叫她的名字。从小到大，她都是家里被无视的那个。弟弟享有一切，而她只能远远观望。一次逛集市，她和母亲、弟弟被人群冲散，徐安娜在人群中高声哭喊，从黄昏到日落，直至哭哑了嗓子。等她迷迷糊糊地自己找回家，隔着窗刚要喊妈妈时，却看见妈妈在喂弟弟喝奶，两个人在笑。那一刻，她像是被什么庞然大物击中，耳边万籁俱寂。所以当那个陌生男人拼命呼喊自己名字的时候，她便爱上他了。只不过那时候她不懂什么是爱，以为那是最要不得的思想堕落，是万劫不复，她最终把这种无从解释的情感归咎于药物作用。

那时的徐安娜怎么会知道，这个仅有一面之缘的男人，日后反复出现在她的梦境中，成了她余生的救赎。

"我们这代人不谈爱，我们谈的是情谊。"她不小心说出了口。小陈停下来，颠了颠怀里的箱子，困惑地看着她。她摆摆手，两个人继续往前走。

上了年纪的人，每天都在和自己对视，和满脸褶皱的脸对视，和不灵便的腿脚对视，和日渐减少的睡眠对视，和别人怜悯的眼神对视，还有以照顾为借口的蔑视、梦境与现实的模糊边界，以及死亡若即若离的低吼。听力渐弱、视力模糊、呼吸费力，最后的最后浑身只剩下一副骨肉，不再征求别人的理解，每天只和自己独处。

徐安娜第三次要求小陈送保健品回家时，老陶已经走了，于是她不用再偷偷摸摸把保健品藏在床底下，而是将它们垒在客厅最显眼的位置。她突然希望小陈留下来陪自己说说话。可等到小陈拘谨地坐在沙发的一头，两只手端着冲好的茶，眼里满是善意地看着她时，她又不知道该对他讲些什么了。

她能对他说起自己的死亡计划吗？她能说自己走访了几家墓地中介，把一笔笔开销记在了本子上，还把老陶和自己的退休金挪到一张存折里，剩下的就是等待死亡吗？她多想告诉小陈墓地的方位，希望他到时能来看看自己，什么都不用带，聊聊天就好。

她什么也没有说。

死亡是独属于自己的秘密。

七

"我们这是去哪里？我还得回去工作，走不了太久的。"两人上了一辆出租车，她还是决意带他去看看。

那块地界，远处是雾蒙蒙的山峦、工厂参差的烟囱，两旁种满了绿树。还有一块不太大的池塘，附近的村民把鱼苗撒进去，等它们长大再捞起来。一到夏天，池塘里的蛙声、山间的蝉鸣一浪高过一浪。入了冬，等白雪覆盖山野，墓地一旁的松树能为她遮挡一半风雪，再留一半看漫山的洁白。

车子停在半路，隔离带的花坛里种着黄菊，鲜艳艳的，好看。

"这种花就蛮好。但我更喜欢玫瑰。"徐安娜指了指车窗外。

天空正在放晴。

2019.6 初稿　2020.11 改稿

今天得好好过

你怀孕了。

医生在电脑键盘上敲了一通字,打印出一张薄薄的纸片,塞到她手里。走出医院大门,侧身屏气穿过一个个吞云吐雾的男人,她突然感到无处可去。午休时间,医院街对面写字楼里穿套裙和正装的上班族出来觅食,脖子上悬着某某公司的牌子。她直到昨天还是其中的一员,卖命工作,填毫无意义的表格,在大大小小的会上宣讲自己的方案,用的是同一套说辞;周末去机场接客户,陪他们吃饭喝酒,晚饭后找按摩手法不错的女孩服务。为了签那一纸合同,她什么都乐意做。

她没想怀孕。

从小到大,母亲挂在嘴边的话都是:我生你养你多辛苦你知道吗?她不知道。和无端暴怒的母亲共处一室,她早早学会了靠无声自保。在她还不了解局面的幼年,父亲还会挡在她面前,象征性地捂紧她的耳朵(她照样听得清清楚楚)。他偶尔会一改往常的顺服,浑身发抖,然后摔门而去,整夜不归。她就成了被抛弃的"战友",瑟缩在墙角,看着发了疯的母亲把家里的碗和盆摔上一个遍。她会等她安静下来,离开现场,再一块块收拾地上的残局。

他们没想生下她,他和她县全没想成为一家人,可惜一夜之间冒出一个她。她分不清自己究竟是不幸的因还是果。

"哪怕是个小子也行啊。"这是奶奶生前最爱说的话。她记得那是个星期五,因为星期五学校只上半天课,中午肚子饿了,就能回家了。她用挂在脖子上的钥匙开了门,看见奶奶躺在掉了漆的沙发上,闭眼喘着粗气,地上散落着破碎的新碗和摔烂的铁盆。她没找见母亲,奶奶又不应声。她索性没去管,丢下书包,跑到院子里和同院的小朋友玩捉迷藏,跑到小卖部买了包水果糖充饥。那个下午太阳毒辣,凉鞋底踩在地上,被烧焦了般软软塌塌。她在院子里疯跑。自那以后,奶奶从她的生活里消失。

隐约懂,又不太懂,无人可问,想写进作文,又怕老师找家长谈话,她就把愿望一条条写在铅笔盒内侧海绵层的里面,其中包括:找回奶奶,杀死妈妈,拯救爸爸,长大赚钱。她也不清楚自己为什么想杀死那个给自己做饭、洗澡、擦屁股、换衣服的女人，只知道那女人像一个庞大到无法直视的阴影，笼罩在她的头顶，随时可能将她的光明吞噬，咀嚼，生吞活剥。她想活。

父亲没有等到她来拯救。他蹲下来和她说：以后爸爸永远是你的爸爸，但是妈妈不再是爸爸的老婆。老婆，那是她第一次听见这个词，有种莫名疼爱的柔软触感。父亲踮起脚，从衣柜最上层抽出旧式皮箱，将几件单薄得可怜的衣服叠进去。她看见父亲的袜子破了一个洞，就在右脚脚后跟那里，一个不规则的圆。多年以后，回忆起父亲，她想起的仍是袜子上的破洞。于是她才领悟，那种儿时无法解释的情感叫作怜悯。

他亲了亲她的额头，嘴唇凉凉的，好像生怕被她融化。她光脚踩在冰凉的门槛上，脸紧贴着门框，看着他消失在楼梯的转角。他没有回头看她。从此爸爸也从她的生活里消失了。她四处找他，公园的长椅，楼下的豆腐摊子，他们时常光顾的小吃店。她把他写进作文，这次她不怕老师找上门，大人一定有办法找到另一个大人，不管用什么办法，只要找到他。老师在那篇作文上划了几行红色的波浪线，写上分数，在分数旁边标记了"范文"两个字。这是她的作文第一次被当成范文对着全班朗读。读的时候她就快要哭出声，但文章实在太短，眼泪还没有抵达，就轮到下一个同学了。

涨红着脸走回座位，她突然间明白，自己不需要那些空洞的评语,也无需把悲伤展示给任何人看。她已经失去了爸爸。对于无可改变的事实,做什么都是没用的。她过早知晓了人生徒劳的一面。

第一个愿望,第二个愿望,第三个愿望,一一落空。事情没有好转,她只是长大了。那些阴郁而庞大的树荫渐渐被分割成细小的种子,静悄悄在她的生活里萌芽。她没有长成横冲直撞的勇士,反而良好地习得了退缩。她对一切褒奖退缩,对一切爱惜退缩,对一切能将她整个人融化的事物和人退缩。她蜷缩着,缩进窄小的躯壳。她同样抵抗柔软的、无法自控的情绪,离家时也和父亲当年一样克制了回头望上一望的本能。她恨透了自己的坚硬。她羡慕家境优渥、双亲和善的同龄人。他们能没心没肺地大笑,开不靠谱的玩笑,视别人的友善为理所应当,他们如此自然地利用(她喜欢管这个叫利用)自身性格的可爱之处,磁铁一样把周遭的目光都吸引到自己身上。他们在表演。无时无刻不在表演。而人们愿意买单。她不知道这一切是如何实现的。而她则永远卑微地重复若干意义相近的词语——实在抱歉,不好意思,对不住,麻烦了。就连恋爱也是。因过于客气和理智,她和相处一年的男友走进快餐店,店员一边敲下男友点的餐,一边把她当作下一个客人。我们是一起的——这么简单的话她都说不出口。他们突兀地并排站在那里,甚至不像一对情侣。

"你知道你还挺漂亮的吗?"男友问。她不知道。没人和她说过。确切地说,没人在意这一点,包括她自己。"偶尔你也打扮打扮,领你出门我脸上也有光。"男友拽起她的毛衣袖子,上面起了球,开了线。她听懂了,是她让他羞愧了。她低下头,一句话也没说。后来他们分开,她反倒松了口气。她想到的不是自己,而是万一以后有了女儿,千万不要受这样的罪,为一个男人的所谓"尊严",把自己贬低到尘土里。

在怀孕这件事上也是。

为了逃避终将怀孕的命运,她逢年过节不再回老家,编出各种理由拒绝出现在同学聚会,逛商场时只逛到三楼,再往上就是母婴专区(她烦透了价格不菲的衣服和鞋、形形色色的教育培训机构、一家三口在草坪上咧着嘴奔跑的广告)。她不能忍受年轻父母当众逗弄怀里的孩子,眼里再无其他。她无法真心祝福生了孩子的同事们,回绝了去她们家里探望的邀请。她能够想象,一个身体尚在恢复中的女性周身散发着奇怪的奶香,因无法出门而油头垢面,家里必定还有一个过度关照的老人和一个哭闹的婴孩。她害怕目睹那孩子吸吮乳头时脸上浮现的满足感,还有初为人母的同事浑身上下洋溢的幸福。如果处在那样的环境,她会疯掉。真的。

她讨厌那些活蹦乱跳的小东西——他们的尖叫、混乱、不理智,他们炫耀、失控、以自我为中心——那恰恰是她最惧怕的。尤其是在封闭的公共场所，喧闹的孩子加上失控的父母，简直是场灾难。她绝不允许自己跌落到这样的灾难中去。最最可怕的，是怀抱他们的大人多是一副满怀期待的神情，不管那孩子多丑、多喧闹、多无理，都好像那就是他们生命意义的全部、他们此生的骄傲、活下去的动力。她想起小时候有过一个阶段，她以为自己也会成为全家的骄傲，切切实实改变一些人的处境，或是像名人传记里写的那样，成为一个了不起的人。最终的最终，她成了不断从生活仓皇出逃的懦夫，无力承担生养下一代的重量，所有的咒骂和坏脾气都只敢在梦里发泄。

要命的是，她无法向任何人解释自己的绝望。她在一家地产公司的商务部工作，有规律地上班和下班，打交道的大多是成功人士，薪水不错。但只要在下班时汇入市中心CBD的人海洪流，她就感到自己快要被滔天巨浪淹没，鼻腔时不时被一股咸腥味冲荡，焦躁不安的身体里总翻腾着一股无名怒火。如果碰巧遇到公路堵车或地铁故障，那群和自己一样脆弱的成年人就会露出马脚，站在车流中间或车站站台上高声喊叫。真是个可怕的世界，她想。如果有一天，天崩地裂，万物塌陷，人类行将不复存在，她一定最先选择跃入喷火的坑洞中，<u>丝毫不会犹豫</u>。已经活得够久了，不是么？

做好万全准备，结果有了孩子。

他也懵了，一把抱过地板上小憩的番茄酱，脸埋在它厚厚的棕黄毛发中间。面对她放在茶几上的医院诊断，他怎么也摆不出喜悦的姿态。中午领导的意图已经很明确（"你在这里够久了，我们需要新鲜的血液"），死赖着不走，场面会很难看。他做不到像初出茅庐的年轻人一样，加班熬夜、随叫随到，他能做到的只有踏实、服从。现在这些也不再被需要。

番茄酱长满倒刺的舌头来回刷着他的手背。他们刚结婚时，他无意间从网上看到一只橘猫被遗弃的消息。两个人连夜赶到那小区，二话不说把它抱回了家，洗澡，剪指甲；第二天又去宠物医院做了除虫打了疫苗，发誓以后不离不弃。

"咱们以后别要孩子了，就养猫好了。"她望向笼子里的毛球，低声说。

"行。说好了，到时候可别后悔。"

"谁后悔，谁下辈子就做猫。"她打开铁笼一侧的小门，那团棕黄的毛球歪歪斜斜走向盛放猫粮的碗。

"切，做猫可比做人强多了。"

他俩笑作一团。

他们开始养那只猫，当作孩子来养。她喜欢吃番茄，于是索性就叫它番茄酱。他们给它买最好的猫粮和猫砂、成箱的猫罐头、小鱼干、玩具、木天蓼的磨牙棒、猫薄荷、猫草、电动小老鼠、衣服、帽子、肚兜、高级猫爬架、逗猫棒、猫咪专用的饮水机、封闭式猫砂盆。他每天从公司回家,第一件事就是抱起蹲在门口迎接他的番茄酱,奖励给它一只小鱼干。

事情是从哪里开始走向失控的呢?

他终日面对着监狱里生了霉斑的墙壁,恼人的小飞虫一次次飞进他的口鼻,同屋的夜里撒尿的骚味让他难以入睡,他的眼镜片被人一拳打碎、裂纹一直留在眼前,他都会不自觉地回忆起那段相安无事的时光。她在黄灿灿的午后阳光下蹲在阳台喂猫的侧影,如同沾了水的水彩颜料,唰地在他眼前晕染开来,瞬间取代眼前冷飕飕的牢房。那时,她和它都还活着。

有天他去同事家里看他新养的美短,两个月大,小小的一只,在床边卧着,他蹑手蹑脚地靠近,两只手指轻轻抚摸它毛茸茸的头顶。

"哥,我发现你对猫比对人热情多了。"他吓了一跳,赶紧缩回手。

"猫的确比人可爱,你不觉得吗?安静自在,无欲无求。"他笑了笑,在同事面前吐露真心有点难为情,更何况对方是小他七八岁的应届毕业生。"你还年轻,不懂这种感觉。"

不知道从什么时候开始,他不再把自己归入年轻人的行列。他讨厌这一点,但毫无办法。每年设计公司都会招新员工,来的人都是一副青涩模样,逢人便喊姐和哥,要么就喊老师。他们刚来时姿态放得够低，但过不多久就原形毕露，眼神倔强，满脸写着"我的方案为什么不行"和"你们是不是瞧不起我"。不是他挑剔压榨新人，可那些方案看上去幼稚至极，还停留在大学生的水准，像是从象牙塔顶俯瞰镜花水月，完全没有任何商业上的考量，不把客户的要求放在眼里。繁复的线条，挑战人理解能力的配色，还有玄学式异想天开的方案解释。这些年轻人（瞧，他已经把他们统称为年轻人了）的脾气一点就着。他们哪里懂得什么叫为公司的利益服务，什么叫委曲求全，稍不顺心就甩手不干。他替他们害臊。

他没有亮眼的学历。大学读到一半，一时兴起退了学去创业。做了小半年，赔光了家里的钱，欠下一屁股债。为了还债，他在市中心的电子大厦替人卖电脑，修手机，也干过倒卖山寨货的行当，不过都因新闻曝光和警方打击不了了之。他用剩下的钱报名了电脑设计的成人课程，算是学了门手艺，专接小公司的设计活。因为只有高中学历，他放下身段，什么活都肯做，经年累月多了不少回头客，最后经朋友引荐，进了现在的设计公司。

她是他的客户代表，他的甲方。她穿一身平整贴身的西服套装，在一个大冬天早晨出现在他的公司。面对公司高层、市场部经理还有他的对视，她放下那沓整理好的文件（他原以为她会绷着脸念完它哩），动作轻缓地打开笔记本，从地产公司的历史和经营理念讲起,甚至语气轻松地调侃从前合作遇到的雷区,不到三十分钟便讲完了所有诉求,简明清晰,和那些长篇大论的甲方迥异。她做这件事时行云流水、无所畏惧,既不强横也不谄媚。然后她默不作声,微笑着和每一位在场的人交换眼神。常年和各色人等打交道,他谙熟人的弱点,知道何时先下手为强,何时按兵不动静观其变,何时装傻充愣逃过一劫。但在她含义微妙的注视下,他一句话也说不出,脑子一片空白。

多年后,当她在阳台外墙悬挂的瞬间,她再次抬头望向他。等她在楼下被人发现,警笛大作,几个警察破门而入,将他反手压扣在地上,他才想通初次相遇时,她的眼神为什么令他失语失神——原因根本不是她的娴熟或她的优秀,不是他原本以为的那些平平常常的理由,而是因为他和她不是同一种人,他终归相信事情会变好,而她则是过早破碎过的人,从未给自己留后路。

八月,他在杭州出差。晚饭过后,送走了领导,一个人在西湖边散步,突然想起她说过会来杭州参加朋友婚礼,不知道是不是这个礼拜。他坐在西湖边的长椅上。夏末初秋的晚风里飘溢着馥郁的桂花香,湖对岸的保俶塔被黄色和绿色的光吞没,树林里留下一片瘦削的黑色剪影。他贸然发了个定位给她,想看看她是不是也在这座城市。两分钟后,她回了一个定位,居然就在不远处。他朝那个闪烁的亮点挪动双腿,耳边寂静。

此时她正身陷一场婚礼后的"好友"聚餐。同桌的人中间,她只认得大学教古诗词的一位老师,剩下几位全都是她不认识的文艺工作者(对,这个老派的词最贴切),有美术馆的,博物馆的,摄影师,作家,还有一位声称在写诗的诗人。他们挑拣盘里个头肥硕的大闸蟹,牙齿将蟹腿咬开一道缝,嘬紧嘴唇,吸出里面的蟹腿肉,一边称赞杭州是个好地方,一边自然地讲着黄段子。

她埋头吃螃蟹的细肉,用余光打量身边那位老师。十几年前,这位老师刚刚被聘到中文系,面对一整个教室的学生,他眉眼里全是动物被猎捕时受惊的模样。她记得他用左手拿粉笔,在黑板上一行行抄写诗词,字体纤瘦有力。他读诗的口音很重,平卷舌不分,却格外有韵味。她想象他身处乱世,在枪炮轰鸣的防空洞里,对着一片残旧的小黑板讲那些诗。当他读到陶渊明的那句"他人或余悲,亲戚亦已歌"时,一颗榴弹在洞口轰然炸响,他在她面前跌落,黑板上的诗被炸成两半,他的眼镜崩碎,碎片散落在她脚边。防空洞里的妇女和孩子惊叫着,四处避难,她起身走向他,在一切灰飞烟灭之前亲吻他紧闭的双眼。那一刻,她多年心底冰封的冷漠无情、与世界隔绝的不屑,都一一消融,恰似春水流过山岭,冒着凛冬的寒气,温顺地汩汩流淌。

她小心望向他,他还戴着那副小巧的圆眼镜,不过眼皮已略微耷耷,眼神里少了当年的天真,当然也没了惶恐。他应该不记得她了,更加无从知晓眼前这个平平凡凡的女人,曾在一个午后臆想过自己的命运。他只是望向她,眼神里是陌生人之间的友善,然后低下头继续吸吮蟹壳上残留的汁肉。

"秋风起,蟹脚痒,九月圆脐十月尖。这个时候来江南就来对了咯。"他说,平卷舌依旧不分。

"您是杭州本地人吗?"

"无锡的,做老师才来了杭州,一见如故。"他爽朗地笑,用湿毛巾擦净手指,和当年握住粉笔的手指一样,纤细洁白。

"您在学校都教些什么呢?"她有意试探。

"嗐,都是些无关紧要的东西,古诗词什么的,没人爱听的。"他的表情略微有点凄苦,不知是不是被蟹壳划伤了嘴。"现在么,学生都是这样,有用么就学一学,没用就丢一边。不像我刚来的那个时候啊,学生知道认真听课,知道尊重老师。现在不行咯。"

他讲话的语气像极了老人,算起来他也不过四十五岁。她笑了,想和他说起那个午后,他念的一句诗是如何短暂地改变了她。但她几次三番准备开口,又几次三番被同桌的人讲的黄段子打断。她暗自祈祷,他千万不要加入那样的谈话,千万不要。他只专注地啃着螃蟹,夹起盘里藕片送进嘴里,簌簌地嚼着。

收到他的定位,宛如得救。她匆匆告辞,从山顶的饭庄离开,沿着石板铺成的小路一颠一颠往山下跑去。在黑灯瞎火的竹林间穿梭,周围没有一盏路灯和指示,她真后悔没要来那位老师的联系方式。前面的石板路被一块山石堵死,她前后急急观望,依旧是半个人影也没有,山里除了忽远忽近的虫鸣,一片静寂。她再往相反的方向跑,心跳快得仿佛要窒息,以为自己永远逃不出这片山林了。

他发来信息,说就在山下的台阶处等她。她前胸后背贴着被汗水打湿的衬衫,气喘吁吁奔到他面前,看到他的那一瞬,山底游客如织,她突然感到安稳。

他们坐在西湖边,喝他从附近便利店买来的啤酒,从婚宴和蟹黄聊到了她的大学和他的高中,再往前追溯到童年,还有各自的近况。两个人不再是当初会议室偶遇时承担着社会义务的职业人,而只是两个普普通通、无着无落的人,在晚风轻柔的水边。

当他坐在审讯室硬邦邦的板凳上,两只手被扣进铁环里,头顶的强光晃得他睁不开眼,一个凶巴巴的年轻警察在他面前大呼小叫的时候,他恍惚回忆起的,不是她出现在他公司的那个冬日,不是他得知她怀孕的那晚,也不是她蹲在番茄酱旁那张悲伤的脸,而是西湖边上、孤山底下,一个失魂落魄的姑娘,汗津津的,咬着牙和他说:世界糟透了,不是么?

不,他没有杀死她。警察在骗人。可是她死了。那晚和她在一起的人是他。

等候宣判的日子里,他常常恍神,灵魂会飘出躯壳随机落在某个地方,或是东北老家院子里的雪地、高中时学校附近的网吧,或是小学对他很好的那个女老师、他卖掉三台电脑后蹬着脚踏车在公路上飞驰;它偏偏不肯停留在和她相识之后的任何一段时间,那是一片雷区,除了危险只剩危险,争吵以外还是争吵。他明知自己离不开她,毕竟全靠她打点家里。但同时他也无数次在心底里怨恨过她,希望她能像卷铺盖卷那样,卷起脆弱的自尊心,带上腹中的孩子和喜欢管东管西的妈妈,还有她时常挂在嘴边的童年创伤,带上所有这一切,通通从自己眼前消失。

假如,她能和大部分女人一样,温顺可爱、擅长撒娇、学会服软,而不是用始终如一的仇视眼光看待这世界,把阴暗面一股脑地全倒给他;假如她没有同时提及孩子和猫的事,而他也能掐灭那颗点好的香烟,两个人重新坐回到阳台的圆桌上;假如他能跨越青年时代遗留下来的坏孩子的自卑,打心眼里接受和一个比他优越的女人生养下一代,他又怎么会和她计较一根烟的事呢?

那天是结婚纪念日,趁他下班回家前,她想在阳台摆上一大桌烛光晚餐。他们当初决心买下这幢房子,除了这个小区偏僻寂静之外(他们都厌烦了身处闹市的生活),再就是看中了它小巧温馨的阳台,夜晚从这里望出去,能看到半个城市的灯火。有段时间治安不好,时不时有入室抢劫,有几户在阳台外面镶了铁笼。他们都回绝了小区免费安装防盗网的诱惑,那毕竟是他俩为数不多能自由呼吸的一小块区域。他们想要一整片天空。

她从冰箱里拿出事先准备好的火腿、奶酪和甘蓝,和好的面揉成圆球压成饼,用锅加热到奶酪化开,再涂到面饼上。火腿切好片,和甘蓝一起撒进奶酪,再把饼放进烤箱。把生菜、紫菜、胡萝卜洗净,切丝装盘,海白虾煮好去头剥皮,煮鸡蛋切片,放进大碗,挤上沙拉酱。腌好的鸡翅和薯条分别放进空气炸锅,设定好时间。

"什么这么香?"他比往常回来得早了些。

"想着今天得好好过。"

"什么?"他将皮鞋甩在玄关墙角,袜子塞进鞋里。

"今天是结婚纪念日啊。忘了吧?"他不喜欢她所有的反问句。

"噢。看上去挺不错的。"他在厨房门口探了探头。他从不踏进厨房，最多只站在门口。结婚前，她渴望有个人和自己一起料理晚餐，到超市买菜，学习烹饪，时不时做上一桌丰盛的大餐。结果是他只管吃，从不关心她做了什么，怎么做的，有没有更换配方。他喜欢靠坐在客厅沙发的一端，翘起脚看球赛，礼貌性地说，需要的话叫我。

"我买了香薰蜡烛，在阳台桌子上，待会儿可以点上。饭马上就好。"她拉开空气炸锅，用筷头挑起鸡翅，一个个翻面。

"不用这么复杂，香薰对孩子不好吧。"他瘫在沙发上，动也不想动。今天领导辞掉了同事，就是养美短的那个孩子。原本辞掉的应该是他自己，错误也是他犯下的，那孩子不过是临时被抓包的替罪羊。他最终选择厚着脸皮赖下来，因为她怀了孕，以后要养孩子，还要还房贷，经济寒冬，行业一天比一天难做，他经不起再折腾别的工作了。

他在楼下远远看那小伙子垂着头离开，想上去劝一劝，又不知道说些什么。那年轻人一定也心知肚明，却选择保全了他。他感到鼻腔阵阵发痒，不停想打喷嚏。回家路上，闷罐一般的地铁车厢里，一个和他领导差不多年纪的男人重重踩了他皮鞋一脚，没有道歉。他的情绪从当空陡然坠落。

"你他妈瞎吗？"全车厢的人都回头看他。如果不是那人识趣地下了车，他会把他按在地上胖揍一顿。

他完全不记得结婚纪念日，并为她的精心准备而尴尬。

"香薰怎么就对孩子不好了？没那么夸张，这东西都是顺其自然。"自从她怀了孩子，他变得小心翼翼，生怕触动了她的哪根神经。他不敢对她说实话，其实自己并不想要孩子，宁愿养一只猫。他怕成为她家的罪人，娶了她，又不能对她负责。她已经够可怜了。

在数个瞬间——有时是清早醒来，看阳光从窗帘缝透过来，照在天花板上，变成七彩的颜色；有时是走在路上，看见推着婴儿车的面容疲惫的夫妻；有时是挤在地铁里，整个车厢的人像不存在似的安静——他都默默希望生活一如往常，没有妻子，没有尚未变成人形的孩子，不用去妇产医院排一整宿的队挂号，不必在那孩子还没降生人世就为小学学区房抓耳挠腮，他不怕自己丢了工作，一份工作而已。他想象自己和当初在电子大厦打工时那样，住在破破烂烂的单身公寓里，有时没有洗澡的热水，隔壁夫妻闹出来的响动让他刺激又羞耻，他一个人放纵地喝酒，看球，摇滚乐放得震天响。每天清晨，跨上那辆不到五百块的自行车，在熹微晨光里骑得飞快，他掠过拥堵在路上的一辆辆汽车，影子长长地甩在身后。

"你应该好好休息，别……"

"你说什么？"她关掉烤箱和空气炸锅，世界安静下来，客厅里都是炸鸡油的气味。她端着肩膀走到阳台，把盘子放在铺好的桌布上。

"没事。没什么。"这一天已经够受了。他将手机和公文包丢在一边，斜倚在沙发上，不打算起身帮忙。

"外面下小雨了，早上我就觉得要下雨。"

"是吗？"

"来吃饭吧，饭好了。"她拉开椅子，坐下来，用他落在家里的打火机点燃了该死的蜡烛，一股椰香混杂着浓郁的奶酪味飘进客厅。

他勉强起身，并没有什么胃口，单位的咖啡喝了个饱，到现在还想吐。

"我吃不下。"

"好歹吃点，这都快八点了。"她不太高兴。

他从沙发上爬起来，晃到阳台，倚在门框上，定睛看那颗跳动的烛火，顺手打开了阳台的顶灯。微风吹得疾了些，他胃里一阵抽动。"真吃不下。"他嘟囔了一句，拿起桌上的打火机，点了一颗烟。知道她不喜欢烟味，他通常不在家里抽烟，只偶尔趁她不在的时候跑进厨房，打开抽油烟机，边抽烟边喝冰水（这两样恰恰是她最讨厌的）。然后赶在她到家之前，敞开所有窗户，往空气里猛喷清新剂。

"你是还在因为那事怪我吗？"她抬起头直勾勾盯着他。

"什么？"风把桌布的一角掀起来。

"怀孕不能养猫不是我说的，是我妈，是她非要坚持。老一辈的旧观念，你也知道。"他看着她，穿着轻薄的睡衣，锁骨因瘦削而耸起，披散着头发，突兀地坐在那里，怎么看都不像是怀了孩子。从她对他说自己怀孕的那一刻，他就在怀疑了。他们说好不要孩子，也悉心做了防护。他甚至怀疑她找在医院工作的同学开了个假证明，好躲避她那个纠缠不清的老板，名正言顺地歇在家里。

无数个失眠的夜里，他将这大半个月发生的事一桩桩一件件都想过了。他们刚在一起时，她就提起过那个五十岁老板的奇怪行迹。明明家里有老婆，却喜欢在朋友圈伪装单身，一个人爬山、看湖、喂公园里的鸽子、露营搭帐篷。据说他还有个上小学的孩子，却没人听他主动提起过，被客户问到时也支支吾吾把话题绕开。后来她告诉他，老板喜欢在下班后留她一个人在公司，讲一些无关紧要的事，表示过有空可以一起爬爬山。她当然一次也没有赴约。她的男友，也是现在的老公在这方面固执到难以理喻，禁止她和异性私下里交谈，不定期偷看她的手机，检查她在社交媒体留下的痕迹。但在内心深处，她渴望一种无伤大雅的关爱，一杯茶，一句问候，一个眼神，一次暗示，哪怕只是短暂的注意，她都隐约感觉身体的每一个部分都发生了改变，变成了某种善好而充实的事物。她会重新检视自己，然后发现自己非但没有那么糟糕，反而慢慢变成她欣赏的那种女人。

一桩桩一件件，他全都想过了。他明白男人在这方面的脆弱和他们骨子里的狩猎本能。她当然是个好女人，可也不能肯定就会万无一失。他从同事那里听来关于那个老板的只言片语，将它们拼凑在一起。他于是猜想那老头喜欢年轻的女人，最好是业务求上进、尚未结婚、性格恭顺的。而她正中他的下怀。

阳台上风一吹，头发遮住她的半张脸，她看上去更加陌生了。小雨飘在空中，凉气从四面八方涌过来。

"我也喜欢番茄酱啊，它也是我的猫，我养了它三年。我也很难过，你知道吗？你问过吗？你关心过吗？"她要哭了。

决心把番茄酱送人那天，他们把它装进宠物包，带上食盆、水盆和猫砂盆，还有余下的猫粮和罐头。一路无话。走到桥下，她说番茄酱喘得厉害，不知道哪里出了问题，非要打开包看一眼。他说不要，就快到了。

她拉开拉锁，只留了一个小缝，还不等他反应过来，猫已经冲到马路中央了。受了惊的番茄酱在车流中狂奔，他眼睁睁看着它被一辆电动车碾压。怀孕不是她的错，送走猫不是她的错，在桥底下打开那个包就是她的错。虽然他从来没有当着她的面认真追究过。

"是你偏要打开那个破包的。我说不要，你偏要开。你不看那一眼会死啊!"烟抽到一半,淋了点小雨,他牙齿在打颤。

"那你打算怎么办?怪我一辈子吗?就因为一只猫?"

"什么叫就因为一只猫?我告诉你因为什么!去年公司年会,你当着我公司同事的面,拒绝和我跳舞,我手都举到这儿了,你站都不肯站起来。你知道别人都怎么说我吗?还有,你和你老板的事我不是没警告过你,你还喜欢拿这个来说事。好,那我告诉你,我他妈根本不在乎。你从来不关心我这一天过得好不好,只知道给我塞饭啊菜啊,不管我饿不饿,都要按时按点吃你做的饭。服软就那么难吗?道句歉就那么难吗?猫死了能像没死一样吗?孩子呢?我真他妈的不知道你在想什么?"他一口气说完,手抖到快要夹不住一根烟。

"我怀了你的孩子。你为什么……"她身体在抖,脸上都是眼泪,但没有发出任何哭声。这正是他害怕和讨厌她的地方,她独自消化情绪,独自反抗着什么,坐在她对面,和她并排躺在床上,他总觉自己是个局外人,无端闯进了这个家。

"你知道吗?我还是觉得世界糟糕透了,一点没变。没因为我和你结了婚,辞了职,要当妈,就变了。对,一点没变。"她几乎是在自言自语了。

"你能不能别抽烟了!如果你想要这个孩子的话。"她朝他挺起扁平的肚子,疯子一样喊道。

"我从来没想过要这个孩子!行了吧?"

"那你干脆杀死我吧,连我也杀死吧,杀我啊——"

警察往他嘴里塞了根烟,不是之前那个屁事都不懂的孩伢子,眼前的这个男人更老一些,牙齿发黄,脸上的褶子看上去让人觉得可信。这些,是他能回忆起的全部了。下一秒,等他回过神,妻子已经从阳台一跃而下。如果仔细回想,他隐约记得她凄厉的叫声越来越远,像火车启动,走远,一路鸣笛。他家住 23 楼,从那里坠落到地面所需的时间他没计算过,但印象里那段时间无比漫长。一场醒不来的梦境。

"邻居说你当天晚上和你老婆吵架了。"老警察是个烟嗓。

"是。"

"因为什么吵?"烟嗓用眼神示意旁边的记录员,键盘噼里啪啦地响起来。

"因为……都是一些小事……猫啊什么的。"

"你家养猫?"

"以前养过,后来死了。"

"警局的记录是,8 点 53 分,你拨通了 110,之后电话转到了市局,你说你老婆跳楼自杀了。"

"她说让我杀了她,说她早就觉得这里一团糟。"

"什么一团糟?"

"这里……她的意思是这个世界,所有。"

"你说了什么?"

"不记得了。好像还没来得及说,她就跳下去了。"

"还没来得及说她就跳下去了?我说,咱就别绕弯子了。没有证据,我今天不会站在这里和你废话!我没这个时间,也没这个耐性。"

"什么意思?什么证据?"他的眼睛被那盏灯刺得睁不开,他努力竖起耳朵。

"我们到现场看过了,你们家阳台的边沿——是用白色涂料涂的吧?有你老婆指甲划过的痕迹。"

"指甲……白色……怎么……什么意思?"

可以看出来,烟嗓正努力压制自己的怒火,他深吸一口气,咬着牙根,一字一顿地说:"你听好了,你老婆的指甲里,有你们家阳台的涂料。你抽过的烟屁股,就在阳台的地砖上。我来告诉你这什么意思。你,因为和你老婆吵了架,气不过,把你老婆从你家阳台扔了下去!"烟嗓走近他,撩开他的衬衣袖子,在他右手手腕处,赫然有一块扭伤的淤青。

他不记得了。完全不记得了。他只记得那天他心情很糟,她一直叫他吃饭。他点了颗烟,故意抽得很凶,给她难看。他记得她在哭,吵架的内容和猫有关。她坠落前在叫喊着什么。他接着几乎是连滚带爬回了客厅,用沙发上的手机报了警,他说的是他认为的事实:他的老婆,怀了他孩子的女人,因为受不了他们的婚姻，从 23 楼跳楼自杀了。他伸手去拉，却没能拉回她。

警察赶来之前，他跌坐在阳台的地砖上。他本该反应得再快一些，牢牢抱住她，本该早点掐掉那颗烟，乖乖坐到桌前吃晚饭，吃她精心做的比萨和沙拉，像往常一样说还不错。他本该和那个被辞退的年轻人说：这世界其实没那么糟糕。他本该意识到，她只是难过而已，她并不是真的想死，自己也没有那么厌恶她和她肚子里的孩子。

审讯室里，男人崩溃了。他歇斯底里地叫喊着，鼻涕和泪水从下巴淌下来。他不停用拳头敲击椅子扶手，直到手腕被勒出一道红印。没人能听懂他在喊什么，他们关掉审讯灯，把他留在黑暗里。哭喊声彻夜未停。

在警察局的案卷档案中，他是不自觉洗刷掉了自己的犯罪记忆，并且说服自己妻子是自愿跳下去的，而他只是没来得及施以援手。由于记忆被洗刷得太过彻底，他不仅真的相信了，顺利通过了测谎，还对妻子的"意外"过世悲恸不已。

这个案件轰动一时，一度被各大媒体争相报道，并在大学的刑侦学教材中被当作典型案例。那一年，我从医科大博士毕业，到附属医院的妇产科做实习医师，从科室的同事那里听说了这个故事。

他们中的两个人还记得她，一个是主治医生的助理，一个是分诊台的护士：那天午休前，一个披散着头发的女人来到诊室，脸上完全看不出新晋母亲的喜悦。主治医生在电脑上敲完了病历，打印，交给她，例行公事说了声恭喜，然后准备收工吃饭。

她望向他，眼神分明在喊救命。

他们说，她在那一刻已经笃定要去死。

2019.10

一个中年人决定出逃

一连一个星期都是阴天，空气中一团雾气，永远散不掉似的。白天天空是灰白色的，一到傍晚就变得焦黄，街上戴口罩的人多了起来。昨天气象台发布了暴雨预警，新闻头条、地铁站的电视、手机上反复弹出暴雨将至的消息，搞得人心惶惶。这几天预约的病人增加了不少，宋一闻一直在超负荷工作，夜里清醒，白天干熬，大部分通勤时间都昏昏欲睡，困到脚打后脑勺。所以当两个穿警服的人出现在诊所门外时，他神情恍惚，后脚跟发木，舌头打着结吐出一句：二位有何贵干？

两人上下打量他，他也不肯示弱，努力将飘忽的眼神固定在两张来者不善的脸上。再过十分钟就要接诊下一位病人，中间还要给中介打个电话敲定看房的时间。中年和青年不一样，生活是上了发条的，一撒手就转个不停，绝没有停下来的道理。但来的这两个人好像没有要速战速决的意思。

"认得这个人不?"年纪稍长的清了清嗓子里的痰,手机递到他面前。宋一闻觉察到一双眯缝起来的眼睛正像雷达一般扫过自己的脸。

"好像认识,怎么了?"他后脑勺突然抽痛了一下。

"别好像,认识就是认识,不认识说不认识。认不认识?"躲在后面的小伙子嗓门提高了八度,看样子不过二十出头,经过时发皱的警服飘出肥皂的硫磺味。

"哦,我的一个患者。上个礼拜,不对,上上个礼拜见过一次。"宋一闻捏紧裤兜里的手机,再不抓紧约时间,开发区那套三室一厅的商品房很快就会被人捷足先登,到时候骆文静定会抱怨他办事拖泥带水,不像个男人。

"你们看这样好不好,我等下还有病人,需要我做什么,咱们现在立刻马上解决。"他引导两位坐下,手脚麻利接了两杯冰水,放在沙发旁的茶几上,抖了抖衬衫领,叉开双腿坐下,摆出一副随时准备好如实奉告的诚意。

"这个人的老公昨天报的警,说人失踪两天了。我们在她家发现了你的名片,所以今天就冒昧了。"领头说话时,年轻人的眼睛滴溜溜转遍全屋。难不成大白天这里还能藏个活人?宋一闻心里犯嘀咕。

"大热天你们跑一趟也不容易。可我一天接诊五六位病人,最近家里事情也不少,脑子不大清醒。对这个人只有个大概印象。这样,我回家翻翻录音和笔记,如果有线索再联系你们,好不好?"宋一闻憨笑着,眼前的一幕早被他预料到了,不过是张名片而已,他想,没什么好紧张的。

两人又问了几个问题,把一串手机号码写在他的笔记本边缘,离开了。宋一闻笑着送他们到门口,看他们上了车,回身关上门,眼前一阵眩晕,心头的重荷却倏地通畅了。他将头仰靠在沙发背上,沉默片刻,而后发出一声悠长的沉吟。

她终于还是做到了。

姜晓茳,不,姜君彤第一次出现在诊所是在去年年底。圣诞节前夕,他看完最后一个病人,天已经黑透了。早上临上班前,骆文静提醒他晚上要和爸妈一起吃饭,包厢订在市中心宾馆一楼的自助餐厅,全家人准备一起庆祝文静妈妈的生日。他满口答应,脑子里却在想别的事。

那天接诊的几位病人情况都相当糟糕,一个外企员工因为高强度的工作患上了躁郁症,情绪就像过山车一样起伏,几次险被辞退;高中班主任因为被家长诬告,说她收了别人家长的贿赂,抑郁发作,治疗两个月,依然没办法面对自己班的学生,总觉得他们当中有"内鬼",要置她于死地;一个刚做了母亲的年轻女人产后抑郁,频繁出现幻觉,甚至一度把刚生下来的女儿认成了远房表妹、自己的情敌,而老公一家对此毫不知情。宋一闻常常觉得,自己仿佛是一根长在岸边的稻草,被无数失了魂的人死死纠缠,就为了重新上岸。他不是神父,无法开解,不是菩萨,不能普度,一介凡夫却在扮演上帝,想抚平人世的褶皱,往暗黑的房间透一点光。就为了这么点光亮,疲惫成了他生活的底色,摆脱不掉的。

他的诊所开在居民区附近。差不多每晚下班,都能在街上撞见饭后散步的老人、穿背心或睡衣遛狗的居民、带着孩子聚堆玩耍的小夫妻。但那晚,天实在太冷,待在室外三分钟就手脚心凉透,周围半点人影也看不见。宋一闻锁好诊所的门,刚转过身,只见一个细长的身影,黑黝黝朝自己飘过来,吓得他差点叫出声。借着对面工地透过来的亮光,他定睛一看,只见那人的头上裹着厚厚的围巾,睫毛结了层霜,麻秆一样的两条腿来回荡在原地,风一来像是马上要被吹倒一般。他犹豫片刻,还是决定先请她到诊所暖暖身子,喝口热乎茶再走,过后兴许还赶得上岳母的生日宴。

围巾一圈圈摘下,睫毛上的冰霜化掉,宋一闻眼前的这个女人至少有四十岁,头顶和鬓角的头发白了好几根,眼皮耷拉着凹陷进去,接过茶杯的手青筋暴露,不知是冻的还是太过紧张,嘴唇没有血色。沉默了几分钟,她神色终于缓过来,脸颊微微泛红。

"今天已经下班了,你可以在诊所网站上预约,我一周六天都在。"宋一闻看一眼手表，计算打车到市中心需要多少时间。

"来不及了。"来的人好像有要紧事急着处理，她喝了口热茶水，两只手捧着茶杯，恳切地望向他。宋一闻只觉得那双眼睛好像在什么地方见过。不等他反应，她便连珠炮一般开始了。往常做心理咨询，宋一闻必须事先打开录音笔，随时在笔记本上记录，以备下次咨询之需。但这一次，他毫无准备，却没有半点分心，一字一句全听了进去。

差不多一小时后，那女人裹紧头巾，消失在夜色里。

夜色浓了一层，气温降了好几度，工地建材的碰撞声和工人的喊叫不绝于耳，远处传来公路的轰鸣，晚高峰还没有结束，街边的路灯一盏盏亮起。这冷气凝结的冬夜让他有些恍惚，他宁愿就此逃掉家庭的应酬，一个人陷进诊所的沙发。这是他最近常常期求的事。

"不是说好六点吗？"一进到自助餐厅，气氛就有些异常。圆桌那端，骆文静脸上出现了他最害怕的表情，半是厌倦，半是嫌弃。他忙从包里掏出事先买好的银质项链。幸好之前叮嘱店员包装得精致些，特地选了一款素雅的包装纸。他弯腰将项链递到岳母手里，见她抿着嘴垂下眼帘便放下了心，算是满意的表情。

"今天妈生日,我不想说你。答应好的事是不是得守时?这是最基本的吧?"他几乎能想象,文静班上的学生是怀着怎样的心情仰头看向她的,那种恐惧、自责、忐忑和想要逃过一劫的渴望,是他在过去七八年里反复练习仍没能成功克服的。当初父亲听说他和中学老师谈恋爱,高兴得合不拢嘴:老师好,铁饭碗,终于能找个人好好管教你了。叫他最个缺的就是管教。后来父亲患了癌,每天兴师动众地咳,整个人薄如纸片;在临终的病床上,还将他二人的手拉在一起,颤巍巍地叫他们许诺相守一辈子。

"路上有点堵车。我这不急着赶过来了。"

"行了,快过来坐吧,刚下班饿坏了吧。"岳母用下巴在空气中画了个圈,示意他坐下。"去拿吧,想吃什么拿什么。"岳父见状附和道。他刚坐下,又起身离开。结婚快八年,他没有一次大方叫出"爸""妈",每回舌头都像在嘴唇边打架,发出的音也虚空,像飘浮在半空中的气泡。后来他索性不叫。没什么了不起的,习惯而已。

"一闻是不是最近太累了,臊眉耷眼的。"文静妈妈将一块鸡骨头吐进餐碟里。"这孩子挺有眼力见儿,你别总说他,弄得魂不守舍的。"

"眼力见儿?有眼力见儿就不会死赖在那家诊所不挪屁股。一天天累得跟什么似的,钱赚多少了?去年给他介绍证券公司的职位,我大学同学做主管的那个,年薪开四十万,他死活不去,说不愿意在格子间工作,压抑。他不压抑,不压抑倒是赚点钞票回来。看房买房,净挑便宜的,以为是买白菜呢。"

骆文静用牙齿撕咬着一片清蒸娃娃菜,菜叶困在牙缝里。她逐渐发现自己变成了她当初鄙夷的样子,爱财,挑剔,刻薄,还有一点点忘乎所以的自傲。她何尝不希望自己是那种宽容的妻子,大大方方对丈夫说,去做喜欢的事情吧,不要管家里。那种话她说不出口。成年人的世界本就没有喜欢和不喜欢的分别,只有责任和义务。就像不管她怎么厌烦,都必须一如既往、准时出现在教室里,站在黑板前面,吸粉笔灰,讲千年不变的题目,吼着嗓子调教那群顽皮的孩子,把他们一个个送到合适的高中去。她没有一天爱这份工作,没有一分钟从中得到什么乐趣,可一样坚持了快十年。除了上课、一届一届带学生,她根本不知道还能做什么。她了解他,如果任由他去,他可能会在别的地方开一间一模一样的诊所。他还说有朝一日会把这些故事写进小说里。也许得病的人是他,她心想,这年头谁还读小说。

"别这么说,他肯定也有他自己的想法。你们得交流,得沟通,这样日子才过得下去。"文静妈妈往旁边瞥了一眼,补充道,"别像我和你爸。"这么多年,他俩只在固定的场合同时出现,其他时候宁肯老死不相往来,也不多说一句话。事情怎么落到这步田地，谁也说不清，聊起来全都是对方的错。骆文静明知他俩不可挽回了，错误和说辞就像一地沉疴，一时半会儿疗愈无望。怕只怕她和宋一闻也是这样，到最后日子活生生过成了坟墓。

骆文静多怀念和他刚认识的时候。两个人都二十岁出头，正是一门心思朝前奔的年纪。她在一所离市中心有段距离的中学教书，他在区税务局做公务员，还没和人合伙开那家倒霉的心理诊所。他下班后会骑着自行车来学校接她，车停在学生和家长看不见的拐角，从学校大门走上五百米，就能远远看见他来回踱着步。他跨上自行车，慢慢地骑，她小跑着跟在后面，然后一跃坐上去。车子晃晃悠悠在马路中间蛇形前行着。那时候路上车不多，骑自行车的队伍像天上放的风筝，沿着街道蜿蜒向前。他们不惧怕沉默，不晓得压力，也不多想未来。他们总是笑着的，不大去管明天的事。他那时是那样温和，总是安安静静听她说话，从不和她争辩，什么都是对的，什么都是好的。他哭着和她求婚时，谁都没有料想到，单纯的日子就像梦境一样，醒来就结束了。

"我会对你好的。"他穿着松松垮垮的西装，鼻涕和眼泪挂在脸上，眼睛哭得红彤彤。她穿租来的婚纱，裙摆上沾满尘土。"我知道。我相信你。"然后她也哭了，毫无征兆地花了妆。她有多久没有对他说过"我相信你"这样的话了。他们彼此相信且亲近的时日,就像一把生了锈的剑,开始还锃光瓦亮,锋利无比,后面因疏于打磨蒙上了一层铜绿,不再光彩照人。他们谁都不肯主动上前一步,谁都不肯费心去管,都在观望,都在等待,等对方先服软,先认错,然后再拿出诚意。可囚徒困境的万全之策毕竟不适用于婚姻。明白时,铜锈底下的那把剑已被遗忘。

宋一闻将一块菠菜夹到餐盘里,汤汁在白色的瓷盘中间晕开。他知道他们正在讨论自己,对错,是非,态度,表现。对他来说,婚姻生活就像是童年阴影的延续。想到自己最擅长掩饰的部分被层层剥离,露出原貌,他不禁打了个寒颤。

知道自己错哪儿了吗?他自小最害怕母亲这一问,因为他永远不知道正确答案,全靠猜。上课走神了。不对。吃饭吃得太少。不对。说话声音太大。不对。弄丢了铅笔。不对。他猜不出了,可能自己的存在就是个错误。他闭了嘴。她会说,我和你爸之所以还凑合着过,就是因为你。你如果懂点事,学习好,什么事就都好了。别人家的孩子能考第一名,为什么到你这儿一点希望都没有。末了,她总会补上一句,你知道我们为了你,付出多少。他已经比大多数孩子懂事了,从来不打小报告,不抄别人的作业,不和同班的男孩子打架,不搞恶作剧,不顶撞老师和家长,不索要任何东西,把自己的欲望降至最低，唯独在学习这件事上脑子不太够用，但他从来都没松懈过。他们最终还是分开了。他跟了妈妈。

站在一排排自助餐的餐盘前面，形形色色的菜品前标注着菜名和卡路里。他觉得自己就是一盘事先炒好的菜，食材、色泽、味道、口感都确定了，可选择的余地极少。

十八岁前，他无法选择从厌烦的学业中逃跑。从小学到高中，他每天都期盼着母亲不要出现在校门口，笑盈盈地接他回家。只要她不出现，他就提着书包跑掉，随便跑到哪里，做些别的，哪怕流浪，也不想第二天在同一时间走进教室，考试后名字被排序挂在黑板上。十四五岁，他已经开始发育，一年内身高蹿到了一米七，母子俩住的房子变得好小好小，小到他不得不保持警惕才能勉强守住自己的秘密。他有一本伪装成课堂笔记的日记本，被他包上枣红色的书皮，压在衣柜最下面的隔层里。他每晚临睡前都会抽出来写上几句，写自己蠢蠢欲动的小心思、想要逃离的愿望。后来他逐渐感觉自己的脾气、身体、想法通通不受控制。睡梦中，他化作一头巨型怪兽，撕咬着自己的皮肤，直到有血沿手臂流出来。他猛捶胸口，想要恢复理智。就在痛苦挣扎的时候，他看到平时最喜欢的女孩子惊恐地望向他。他把她轻捧在手心里，缓缓合拢手指，摩挲她的身体。他的指尖碰到她的腰腹，还有洁白纤细的大腿，他看不见她的脸，也听不见她发出声音，只感觉指尖凉凉滑滑。他停止了撕咬和捶打，细细感受，他开始贪恋那身体，女性的胴体，陌生又好奇。他不舍地张开手掌，发现掌心的美丽胴体已化成一团灰烬。他惊醒过来，内裤沾上一摊湿漉漉的东西。

后来他数次回想起那姣好的身体，每回都感到有烈火从胸口腾起，像导火线上的火星疾速飞向即将爆炸的弹药，烧到四肢和后颈，燃至两腿之间，他颓丧的精神会复苏，觉醒，身体犹如一头猎豹直冲向不见边际的田野。他用同样的力道摩挲着它，直到它膨胀，充血，他恐惧着，又期待着。那是他不曾探索过的边界，身体的和精神的。他终于从规训和打压中抽身，从枯燥的课堂和叫人压抑的成绩排名中逃离。美好会倏地降临，从下身扩散，到四肢，到头顶，到他身高无法企及的孤独边界。他无声叫喊，在床垫上抽动身体，直到它重新安静下来。

他从不和别的男孩交流这件事，也羞于和其他青春期的男孩子一样，开口闭口都是女孩的胸和屁股，他甚至没有加入班里的"地下阵营"，回绝了他们提供的黄色杂志。他只需要想象梦中的那个身体就够了。最终他不堪孤独，将这件事写进了日记本。

隔天，日记本出现在了母亲的床头。

他觉得自己就是一盘事先炒好的菜，食材、色泽、味道、口感都确定了，可选择的余地极少。不仅不可选择，而且被某种无法处理的情绪钳制住了，逃脱不掉。母亲没有像往常那样把他叫到卧室谈话。他足足等了三天，最终日记本回到了衣柜的隔层。空白页用红笔写着：青春期每个人都会经历，控制住自己的人都能成材。学习就像赛跑，劲儿可鼓不可泄。加油。

加油。多么空洞的字眼。艳红的笔迹，像老师例行公事写在作文后的一行批语，不疼不痒，权威感和偷窥欲却从字里行间漫溢出来。那种羞辱，比劈头盖脸的谩骂和谈话更让人无法承受。他撕掉了那个本子，一页接连一页，整整八个月，每个夜晚小心翼翼的记录、纾解孤独的良药，都变成碎纸屑，从窗子撒了出去。也许会挂在树杈上，被麻雀垒成窝；飘到草丛上，被狗屎埋起来；被路人的头发缠住，冲进下水道；被扫进清洁工阿姨的垃圾桶，化成纸浆。哪一种结局都比它本身的结局要好。他涕泪横流，四肢乏力，瘫坐在地板上。

从那之后，有什么东西在他身体里死去了。那种改变无人知晓，除了他自己。他变得更温吞、更顺服，像所有好孩子那样，拼命读书，做题，在考试中崭露头角，奖状贴满墙壁。手掌心的女孩子消失了，梦境消失了，秘密消失了，自己也消失了。他考上了心仪的高中、大学，读了母亲选的经济系，进入母亲提议的税务局，娶了母亲看中的姑娘。独独选择做心理医生，是他残留的一点希望。他希望救赎的，从来不是别人，恰恰是他自己。

熙熙攘攘的自助餐厅内，年轻服务员穿梭其间，端盘子、介绍菜品，约会的男女、谈生意的伙伴、带老人和孩子的，每个人都沉浸在悉心营造的高贵之中。宋一闻却总无端想起刚刚那女人一双凹陷的眼。

"我没有退路了。"她低下头，晃着手里的茶杯。茶叶挂在杯壁上，然后又被冲下去。"我想过了。"

"没有一种生活是没有退路的。你得记住，你并没有被困住。屋子里也许现在是黑的，但我们不妨把手电筒打开，找一找出口。"

"我女儿上周和我说，妈，你为什么非要把大家都逼疯？"姜君彤再一次说出这话时，依然控制不住嘴角的抽动。女儿今年十二岁，她像她这么大的时候，成天只知道打打闹闹，而女儿脸上却俨然一副成年人的神色。她一向自以为是个成功的母亲。有律师事务所的事业，说出去不丢人，她知道这年头家长和孩子私底下都喜欢比来比去；她利用业余时间考了瑜伽教练证，虽然没时间做教练，但她每天早晨坚持练习，腰间和手臂没有一点赘肉，不像那些去接孩子的疏于打理的母亲，永远蓬头垢面。她永远都挺直腰背，妆容整洁，斗志昂扬。她没有一天放松过对自己的要求，也把同样严格的家教传递给孩子。她和女儿一起做功课，陪她解决难题，发现功课的弱项就花大价钱请名校老师来家里补课。她还给她报名了钢琴课、游泳课、英语外教课、演讲课、芭蕾舞课。在她的努力下,十二岁的柔柔永远都是孩子堆里最耀眼的那个,高挑,优雅,得体,聪慧。放学后乌泱泱的人潮中,她一眼就能认出她来。她是人尖儿,理应拥有亮丽辉煌的人生。

"十二岁……为什么会说这样的话?你对她提什么要求了吗?"

她顿了顿,啃咬着右手拇指的指甲,有些犹疑地说:"我出了趟差。走了差不多一个礼拜。回家的时候,一切都不一样了。"

"什么不一样了?"

"说不上来。气氛?态度?他们父女俩肯定背着我做了什么。反正和以前不一样了。"

那天晚上她一下飞机就往家赶,到家差不多是夜里十点。一打开家门,客厅飘出烤肉的味道,她听见阳台那边传来叮叮咣咣的音乐和笑声。她轻轻放下行李箱,没穿拖鞋,绕到沙发后面,半开的窗帘刚好遮住她所在的地方。

"听见他们说什么了吗?"

"没有。他们放的音乐声太响。我从没听过那种歌,不是,是从来没听我女儿听过那种歌,好像金属撞击的声音。"她在那里站了很久,努力听清父女俩的聊天内容,但只有鼓动耳膜的音乐在轰鸣。他们笑得多开心啊,过年时买的五彩灯也被挂了起来，在黑夜里闪着炫目的光。她一直以为女儿和自己最亲，因为她几乎为她做了一切，她爸只有周末的时候在家，最多只是开车送她去上课而已。可在自己面前时，女儿从来不曾这样肆意大笑过。

"你最后冲过去了？"

"嗯，我没有忍住。"

"然后呢？"

"他们俩愣住了。音乐还响着。"他们俩一个举着两串烤串，一个嘴里的汽水还没咽下去。她最反对她在长身体的时候喝碳酸饮料，摄入过多的糖分。她记得自己说，还有完没完了？别人家睡不睡觉了？他们像一阵风里的两片影子，飞速收拾完阳台上的残局。丈夫去浴室洗澡。女儿在钻回房间时，抬起头直视她的眼睛，低声说：妈，你为什么非要把大家都逼疯？

"那不像是她会说的话。肯定是她爸教她的。"

"你和她爸爸关系还好吗？"

"他听我的，"她立刻打断了他，"我们俩分好工了，孩子的事听我的，投资的事听他的。毕竟他是投资经理，专门学这个的。"

"你今天特地跑过来，是要问我点什么吧？"宋一闻又看了一眼手表，时间不多了。一整天的咨询让他有些耳鸣。

"宋一闻，你真不记得我了。"对面的女人放下茶杯，双手搅缠在一起。她的鞋尖碰到他的脚，他像触电一样缩回脚尖。他想继续咨询的流程，于是向前探了探身子，睡眠不足的人眼神不聚焦，眼白发青。那双眼睛，他想起来了。

他想起来了，那双眼睛。

快三十年，眼神只不过从施救变成了求助。他依然认得。

小学班上，宋一闻是个异类。上课打不起精神，下课也不冲到操场打球，对所有游戏都提不起兴致，犹如一个隐形人藏匿在一群积极上进的小朋友中，没有哪个任课老师能一眼认出他、提到他，更不要说表扬或批评，他们的注意力全被好学生和那群捣蛋鬼夺走了。宋一闻是被落下的那个。

小学报到当天，宋一闻牵着妈妈的手来到家附近的小学，心里默背家庭住址和父母的工作单位，他们说，流利答出来才有学上。这所小学在华城远近闻名，校舍不大，教出的学生都规规矩矩，基本都能考上市重点初中。不管在华城哪个角落，只要看见有孩子穿着绣有"华城小学"四个绿字的校服迎面走来，就能感受到他们身上谦逊规矩的气质。他们帮老人抬装满果蔬的手拉车，在十字路口站成一排等红绿灯，给街头衣着破烂的乞丐投去零花钱，在喧腾的马路边上、公交车里埋头写作业。宋一闻曾经也被他们的成熟和礼节蒙骗，当他成为其中的一员,才真正知道这所表面祥和的小学,背地里都发生了哪些事。

不过,牵着妈妈的手来报到的宋一闻对此还一无所知。他只知道大声背出那串地址和名字。之后就被分配到一年级三班,坐在第四排左侧靠窗的位置。那里是块风水宝地。从窗子望出去,红顶的三层学校教职工宿舍建在教学楼对面,各个年级的任课老师从那里进进出出。他们对他而言是那样神秘,好像来自外太空的智慧生物,掌握着全宇宙的奥秘。他好几次想趁下课溜进去看一看,结果看门的大爷一声咳嗽,吓得他差点儿尿了裤子。教职工宿舍后身是一片有着十多年历史的菜市场,据说某位领导曾来这里视察,手书的"卫生,健康,造福市民"被做成烫金大字,高悬在菜市场大铁门的正上方。这片菜市场后来索性以这个领导的名字命了名。

教职工宿舍和菜市场之间,有一面被人凿开一个大窟窿的砖墙,小花园里众人踩出的一条小径一直通向那里,小径两侧是疯长的野草和无人修剪的灌木。远处还有一幢红砖房,五层楼高,被鲜绿的爬山虎裹得密密麻麻,窗户也被这些疯长的植被尘封起来。没人知道那幢楼属于谁,是用来做什么的。宋一闻只在上厕所时偷听一个高年级的说,那里过去是个秘密军事基地,谍报人员曾出没在那幢楼附近,后来改成了一座临时监狱,从法院出来的重刑犯暂时在那里落脚,然后再移交到郊区的监狱。不过这些都只是道听途说。宋一闻禁不住好奇，曾在课间悄悄绕路到那里（当然不能走教职工宿舍和菜市场中间那面被凿开的墙）。铁丝电网还留在铁栅栏上，全都生了锈，挂上了蜘蛛网。他始终没胆走进那幢楼。

从教室敞开的窗望出去，华城电视塔矗立在视野最远处，江水穿城而过，渔船点缀在烟波渺渺的江上，和白云漫卷的天空连成一片。由于学校所在的区域地势偏高，整个城市宛如一张平铺的地图，被宋一闻尽收眼底。那时他眼中的世界浩渺无际，包括这座城市以及城市的天空、土地、阳光、空气、风和雨。他从未想过未来会离开这里，吃不同的食物，远离这幅地图上的任何一处坐标。他习惯了这里，仿佛一株树习惯了一片沃土，习惯了丛林里的飞禽走兽、草木虫鸣，直到他长大后被连根拔起，才意识到这件事的残酷及其在他生命里留下的疤痕。不过那扇窗暂且还只属于他一个人，他一半身体被迫植根于教室里，一半早已从那扇窗飞翔出去。那里的声、光、色、温，都让他惊喜：狂风大作时咔咔作响的窗框、砸在脸上硬邦邦的枯叶，晴天里刺目的阳光，一场突如其来的春雨，飞机或直升机由近及远的轰鸣，打着药品或白酒广告悠悠飘浮的充气飞艇，还有城郊铁道线上鸣笛而过的火车，每逢纪念日拉起防空警报时从四面八方汇聚而来的悠长回音。

从窗外应接不暇的景致中缓神过来，他的视线被右前方的脑袋瓜挡了个严实。他几次和她说，姜晓茬，你头低一点，看不到黑板。她就是不理会。他伸手去拍她，被翁老师逮了个正着，最后罚站的还是他。这个叫姜晓茬的女孩开学两个月后才转学到班里。瘦高的个子，一颗大头不和谐地悬在细细的脖子上，走起路来摇晃着脑袋，好像随时要倒下去。她貌似生了种怪病，只要吸进冷空气或花粉之类的玩意儿，她就会瞪大眼睛，张大嘴，拼命捯气，严重时真会倒地不起。每到这时，翁老师就跑去叫来隔壁班的老师，一起连拖带拽送她到医务室，去吸一种神秘气体。每次她站立着返回教室，脸色便又苍白了不少。

宋一闻在自家院子里见过她。她住在最南边的楼，宋一闻家在最北边。她爸爸有一米九的个子，瘦得一阵风就能刮倒，和她一起出现的不是爸爸就是奶奶。他从来没见过她妈妈。那时候他还以为所有孩子都是有妈妈的。

只要姜晓茬出现，流言蜚语便如铁屑一般被吸铁石一路吸走。光是这些话，宋一闻就听过不下十遍：姜晓茬没有妈妈，她妈妈在生下她之后就和别的男人跑了。据说那男人在广东做生意，卖玩具的，有一整个厂房的玩具，这辈子都玩不完。姜晓茬的爸爸也有和她差不多的病，发病时会倒在地上抽搐，撕咬旁边的人，姜晓茬手臂上的紫红印子准是她爸爸咬的。还有最最过分的，说姜晓茬身上有一股老人味，熏得同桌和前后桌上不好课，她身上的气味整个走廊都能闻见，连小花园里的野狗都要绕着走。

宋一闻极少参与他们的恶言恶语，却始终将信将疑。他不止一次想在她经过时吸一口气，但怎么都抵抗不过自己憋气的本能。趁翁老师不在的时候，敌意便会骤然间变本加厉。他们要么公然抢夺她的书本，撕掉最重要的几页；要么直接从课桌里抽走她的习题册，一页页团起来，丢来掷去。她则变成一只被飞起的皮球驱使着奔跑的小狗，在教室的过道间跑来跑去，撞到桌子时蹲下身，不一会儿就又站起来，在众人的欢呼声中努力保持平衡。他们说她喝水的杯子特别丑，像给老头用的搪瓷杯，就将里面的水泼在地上，杯子直接从窗子丢了下去。闹剧发生时，班级迅速分成两派，一派是参与者，想出各种恶毒的话直接发起攻击；一派是观望者，每个人都饶有兴趣地望向她，咧着嘴看她被戏弄。参与者自觉神勇，常常在一个来回过后就露出胜利者的姿态；观望者比较犹疑，一面欣赏着眼前的戏码，一面小心观察门上的那块玻璃，生怕老师突然闯进来。班干部属于后者，他们从不参与，也不跳出来制止，却在老师介入时成了告密的人。宋一闻在班里是个异类，他既不参与也不能欣赏。当他第三次看闹剧开场时，他感觉内心深处、靠近腹部的位置，有一个地方隐隐作痛。他捂住肚子，将头埋进课桌，咬紧下嘴唇，不让自己哭出来。

三次闹剧，他一次也没有发起，一次没有参与，观望时也毫无兴味，甚至产生了一种徒劳的悲壮感。他没有救过她，一次也没有。

一天放学后，宋一闻在班级队伍里等妈妈来接，久等不来，他便偷偷绕到学校大门口的石柱边上，担心自己会是最后被接走的那个。发呆的间隙，他听见石柱另一侧，姜晓茌爸爸用几近哀求的语调对翁老师说，管管班里那群孩子，姜晓茌书包里的书没有一本是完整的。一阵叹气过后，晓茌爸爸试探道：要不要给她个班干部当当？这样也许就没人再敢欺侮她了。

隔不久，翁老师在班里宣布，由姜晓茌担任卫生委员，职责是班级内的卫生，尤其是教室前面和两侧过道。于是班级里多了个不一样的姜晓茌，随时举着一块脏兮兮的抹布，眼神在地面上逡游。她从不命令别人做事，而是一个人默默担下了所有的活。黑色的鞋印、白色的牛奶、扣掉的饭菜、无人肯上前的呕吐物，都被她用手里那块小抹布一一清理干净。她不允许教室地面上出现一丝一毫的污渍，走着走着便蹲下身，舞动抹布，吭哧吭哧一气擦完。冬天零下二三十度的气温，水龙头流出的水都带点冰碴，姜晓茌红彤彤的小手浸泡在冰水里，一遍遍搓洗着抹布，常常是没人叫她去做，她也习惯性地一并做了。翁老师为她的红花榜上加了两朵小红花。除了一句"今天屋里的地真干净"别的什么都没说。

奇怪的是,自从姜晓苤做了卫生委员,流言蜚语就慢慢平息了,书也撕得少了。新学期班里来了个新同学,梳两条可爱的小辫子,穿一身漂漂亮亮的红色连衣裙,说话的声音动听极了,全班男生的目光都被她吸引了去,也就慢慢忘记了姜晓苤的存在。宋一闻的腹痛渐渐缓解了。

三年级开学当天,姜晓苤没有出现。宋一闻从别人那里听说她转学了,家也搬去了更远的地方。右前方的座位暂时空了出来,再也没有那颗大脑袋挡住他的视线了,他的一举一动彻底暴露在老师们的眼皮子底下。宋一闻感到心里空落落的。

时隔多年,当他无数次想从妻子的埋怨、丈母娘的挑剔、诊所堆积如山的工作和无处躲藏的焦虑中只身出逃时,他依然记得若干年前的一天,有个女孩挺身而出,救了自己。虽然记忆里那女孩的相貌早已模糊,他依然感到自己在这世上并非孤身一人。

课间,宋一闻正望着窗外出神。刘子飞从身边跑过去,撞得桌子猛地一歪。妈妈上周新给他买的亮黄色暖壶在一阵摇摆过后,啪地碎在地上,开水像一颗小型炸弹,在烟雾里迸发开来,塑料壶身裂成几片,宋一闻的手背登时烫起了两颗水泡。他二话不说,起身走向刘子飞,从座位上拽起他的书包,随手一丢，书包划出一条抛物线，从敞开的窗子飞了出去。操场上发出一阵不祥的骚动。

随后教导主任提着书包径直找到二年级三班。不是我，是宋一闻。刘子飞指向他，哭诉道。教导主任眉头一皱，宋一闻被人从座位上拎起来，一直拖到教室后排，推搡至放打扫工具的铁柜子边上。全班齐刷刷望向他，没有一个人发出一丁点响动。只有铁柜的一扇门被撞开后，吱吱嘎嘎地叫。

翁老师揪住他的衣领，鼻尖对准他鼻尖。他听见她质问道：说，为什么丢书包？你知不知道楼下有人？知不知道书包可能会砸死人？别以为我平时不说你，你就可以为所欲为，给你点脸还不要脸了。这学你能上就上，不能上回家。

在教导主任的怒目下，翁老师仿佛失了理智，不停用拳头捶打着宋一闻，他开始还用胳膊挡，后来胳膊被打得举不起来，只能任那巴掌、拳头和指甲在自己身上胡乱飞舞。

他绝望极了。没有人关心落在他身上的拳头，也没有人在乎他碎掉的崭新的暖水壶，没有人教他该如何收拾这一切。想到这里，眼泪喷涌出来，他像个傻子，在教室后排放声大哭。

"老师，你打人不对。"有那么几秒，班级里是真空的，一根细针落在瓷砖上也听得见。宋一闻以为自己听错了。

"你说什么？"翁老师停下来。宋一闻这才发现自己的脖子在流血。教导主任已经离开了。

"打人不对。是刘子飞先撞坏了宋一闻的暖壶。"宋一闻透过泪眼,看见一颗硕大的脑袋朝向这边。全班的桌椅发出窸窸窣窣的声响。

之后发生了什么呢?宋一闻的记忆像被施了咒,这一段被抹得干干净净。他疑心姜晓芏转学也和这件事有关。只是无从考证了。

"听说你被打到胳膊脱臼,我后来还在想,要是早点站出来就好了。"姜君彤笑道,皱纹在眼睛周围荡开一圈,又很快恢复平静。"我帮你清走了地上的塑料片和玻璃碴,你还记得不?"宋一闻不记得了,他的记忆就像出了错,只记得那句"老师,你打人不对"。那句话就像从天外传过来的。真的。

姜君彤记得。她记得他伏在桌子上哭了一下午,怎么劝都停不下来。她在课间偷偷叫走了他。他跟着她恍恍惚惚穿过花园里的小径,在杂草丛生的石凳上蹲坐,听了一会儿鸟鸣。他哭着和她说:"回家不是一顿臭骂,就是一顿暴打。没什么差。"他的鼻涕还挂在嘴唇上方,滑稽透了。她笑起来,他也跟着笑起来。他们鬼鬼祟祟穿过那面凿开的墙,沿着马路漫无目的地走,走到缠满藤蔓的红砖楼前停了下来。

"你都忘了?我们穿过原先拉电网的那片废墟,从一扇玻璃碎掉的窗跳进去。不知道哪儿来的胆儿。"

"我们进过那幢楼？那里面有什么？"

"什么都没有。到处写着'拆'。好像生怕谁不知道那里要拆掉一样。"

"什么都没有。"

"什么都没有。窗子都破掉了，楼梯断掉了，我记得好像每层楼都有一行红色标语，除了一个'万'字还有一个'工'字，看不清楚。"

宋一闻什么都不记得了。长大成人的途中，他好像在和自己决斗时丢掉了一切。他无法将眼前这个疲惫不堪的女人，同记忆里语气平静、救过他一命的女孩联系在一起。"我只记得那天，咱们没逃成。因为得在放学之前赶回去。"他说。

"之后也没逃成。"

"一直都在尝试，一直都失败了。"

"不会再有人那样打你了。"她低下头。

"没有了。只不过用的不是拳头，流的也不是血。"

"那还逃吗？"她问。

"逃到哪里呢？"他反问道。

她没说话。静默着。那天，他们在黄昏时分溜进那幢被遗弃的旧楼。那里既没有她幻想中的镣铐和铁链，也没有历史的暴力遗留下来的印记，只有遍地砂石和尘土、墙壁上依稀不见的字迹、断裂的楼梯和裸露在外的钢筋。一直以来渴望了解的谜题终于解开了，回程时心情却无比低落，两个人一句话都说不出。他们在校门口分开走，一个被领回家教训了一通，交了份检讨书，当着全班同学的面一个字一个字读出来；一个被迫搬到另一座城市，一夜之间拥有了新妈妈。

"那还逃吗？"

"逃到哪里呢？"

宋一闻走进自助餐厅，在旋转门里短暂逗留，那一刻他多想和她一起逃走啊。但在成年人的世界里，他已没有资格做小时候的事了。成年人啊，总要在特定的时间出发，在特定的时间回家，用正常人会做的事填满每天的时间。他们不能再漫无目的地走，任性地逃离无法扭转的境况，更不能期待再回来时就会被拯救。他们总要为一件事赋予一个理由。正是这理由将他们日复一日框死在一条既定的轨迹上。

从那年冬天到第二年开春，宋一闻每隔一个礼拜就有一天提早两小时来到办公室，他会在这里接待一位神秘的患者，她总穿着一身瑜伽服，外面裹着当季的外套。早晨分诊台还没有上班，周围居民楼的年轻上班族行色匆匆，工地项目完工的那幢大楼暂且没有商家进驻，没有人会注意到这个瘦削的身影。也是在这断断续续的时间里，宋一闻履行着工作以外的职责，他不再扮演神父、菩萨或上帝，不去想普度众生、抚平人世褶皱的宏大志向，他只想搞清楚眼前这个女人，这个曾经搭救过他一次的女人究竟在过怎样的生活。

他陆续知道了很多秘密。他知道她丈夫疑心她出了轨，一直在搜罗证据，甚至不惜利用女儿。那男人试图清空她银行的户头，利用职务之便，想将她积攒了半辈子的资产窃为己有。他知道他打过她两次，一次打断了眉骨，一次在她手臂上留下一片瘀青。没有人为了她站起来说"打人不对"。周围所有人都对她说，错就错在你身为女人太强势，或者，孩子还没成年不如先凑合着过。

宋一闻始终没问，她究竟有没有背叛。他只看到她快要被浩浩荡荡的痛苦吞没，还有一寸就要淹没口鼻。

终于，在一个暴雨将至的夏天，他决定——帮她出逃。

毕竟欠她的那一次，他一直没还。

2020.8 一稿　2020.10 改稿

错换

记者扛着摄像机聚集在是丛云家门口，对门开了个小缝，黑洞洞的眼睛隐没在黑暗里。是丛云侧着身子钻过两台摄像机脚架，朝门缝内那双眼睛低声说：他们中午就走，阿姨，实在对不住啊。门哐地关严。

她刚一回身，听见里屋棉宝在哭，他从没有这么哭过，一声短一声长，像一头被欺侮的小驴，兴许是这些天见了太多生人。是丛云将奶嘴塞进他的小嘴，抱起他，走到窗边看屋檐底下翻飞的两只燕子。

在这间四十平不到的房子里，装样货的纸箱高高垒起，几乎填充了每个角落，侵蚀着人的活动空间。书橱里二十年前的旧书，大多页角卷起，在杭城潮湿的空气里生了霉斑。因为厨房和卧室挨得近，床单、沙发垫、桌布、窗帘、晾在阳台的毛巾，都蒙上了一层油渍，怎么洗都洗不净似的。搬来时雪白的墙面也已乌黑发亮。整间房只有一个角落是洁净的——书橱旁边，帘子后面，补光灯、多功能支架、银质豪华麦克风、理不清的一团电线藏在桌子下面。就在这个唯一能示人的角落，是丛云平均每天做六七个小时的直播，卖掉厂里积压的冬衣和上新的童装。

"如果不是这样，我现在在做什么呢？"这个念头时常在她心里绕来绕去。谈小本生意，免不了和品牌、渠道的人打交道，他们和她差不多大，言谈举止却比她自如。和他们说话时，她总显得有些莽撞，有些自卑，导致她在别人看来过于强势，给人以强烈的压迫感。"如果不是这样，就好了。如果不是这样，我至少过得比现在好。"假设已经成为她思维方式的一部分。周围人老说她悲观，劝她看开点，过去的已经过去了。她却始终迈不过心里那道坎，总为一种不存在的假设感到遗憾。

"丛女士，准备好了吗？我们随时可以开始。"她被拉回现实，赶忙将棉宝放回儿童床，打开小床边的蓝牙音响，童谣声叮叮咚咚地响起。她将门虚掩，回到那个勉强能称之为客厅的地方，戴好帽子和口罩，只露出一双没有喜也没有怒的眼睛。

在摄像喊开始的前一秒，她摘下帽子，理了理额角的碎发，摘下口罩，深吸一口气，努力让过速的心跳缓和下来。

好了，可以开始了。从哪里开始讲起呢。

是丛云

二十年前，差不多就是这个时节，夏天来得晚。考试结束后，槐村下了一场暴雨，田里长好的麦子差不多都打了蔫。是丛云跟着父母、哥哥去田里收七零八碎的麦子，准备割好后铺在院子里晒干，剩下的秸秆再一部分沤肥、一部分充作猪和驴的饲料。她戴着草帽，在麦田里挥舞精瘦的手臂。第一滴汗落下来的同时听见有人在喊她的名字。

之后的很多年里，她无数次在梦境中听见那声呐喊。有时声音仿佛从天边传过来，伴随轰隆隆的雷声；有时像过节时撒欢的鼓点，一下连作一下。每当她本能地循着那喊声而去，却总迷失在一片迷雾漫漫的荒野。之后的梦境总是大同小异：踩空后从悬崖或高处跌落，不管怎么喊叫都出不了声。

是丛云，村头有你电话，教育局的。她放下镰刀，抖掉身上的麦粒，抹一把额头的汗，大步朝那个声音的方向走过去。她跟着村长走在雨季过后结成土块的大地上，布鞋露出了半个大脚趾，她故意往后蹭了蹭脚掌，好让那个破洞不那么明显。风从面前吹过来，三两只喜鹊停在不远处的树梢上，村头一条大黄狗欢脱地从对面跑过来，停下来嗅了嗅她的裤脚。村长哼着小曲，双手背在身后来回晃动。他特地没问教育局有什么事。他想让她最先享受这个属于她的时刻。

一切都是是丛云幻想中的样子。如果生命中有什么喜讯，就应当在这个时刻降临——在十九岁的那个夏天，那条漫长的田埂上，她双脚踩在温热的土地里，对这个时刻终将到来深信不疑。

她是哭着回来的。父母和哥哥围过来，让她更加透不过气。于是她推开他们，跟跟跄跄跑起来，逆着风的方向，往更远处的田野，没人的地方。

"脑子一片空白。"她对记者说，"不知道怎么会这样。"

记者问："会怎么样？"

她躲在口罩后面，神色木然地答："一双大手把我的命运整个扭转了，就在那个夏天。"

"当时你还不知道？"

"不知道。"没有人想得到。谁会理解这种事？

她不记得自己跑了多久，像是故意要在那个绝望的时刻，把身体里的所有能量都消耗光。她的呼吸、血压、心跳、神经、肌肉，都在奔跑中紊乱。她无比渴望自己就此死掉。这种极端的想法在她头十九年的生命里从未有过。生在东城县最贫穷的村，她自以为在出生时就已洗掉了前世的贪念，欲望是最要不得的。要活着，就不能有太多念想。只要田里的麦子还在生长，窝棚里的几头肉猪还攒着膘，磨盘旁边的驴还蒙好眼睛在拉磨，碗里还有最后一口米，哥哥穿不下的破布衣还能蔽体，她还能吞下干巴巴的馒头，还有力气走上十几公里到学校去。只要那学校的土墙还没完全倒塌，暴风雨没有掀开那个茅草屋顶，老师不会离乡不干。只要每周一的旗杆上还能升起那面掉了色的五星红旗，晚上家里的煤油灯还好用，炕上还剩最后一点地方供她趴卧，柴火还足够撑过这个冬天，她就能活下去。活下去，她就能凭自己的气力走出这穷乡僻壤。那是她最后的希望。

高考的前一晚，她拿出用半袋米换来的旧钢笔，灌满墨水，在草纸上试了试。从一沓手抄的教材里小心翼翼地拿出准考证，一张比煎饼还轻薄的小纸片，上面有她的名字和考场地址。考场设在县城的一所学校，这意味着她凌晨五点不到就要出发。她背上熥好的两个馒头、一颗鸡蛋，用父亲年轻时行军的水壶灌上凉开水，一并背在身上。她不要骑自行车，虽然村长主动提出可以借给她用，但她还不太会骑，担心一旦摔倒耽误了考试，又怕在县城丢了车子。这些都不是他们这个家能承担得起的。

"咱村今年要出女大学生了。"村长的土烟斗在院子里忽明忽灭。她看不清他的脸，只能看见灰白色的胡茬在烟斗上方抖动。公鸡打鸣时，四下还是一片漆黑，她打着手电筒，带上准考证，背着干粮和水上路了。走了约莫两个钟头，天亮了，粉紫色的晨光从远处的大地边缘漫溯整片天空，又渐渐变成橙黄色。她走在高高低低的田垄上，时不时翻过一两座小土丘，还要小心不要踩到牛粪。

她走得快极了，小心极了。半路突然下起了太阳雨。她蜷起身子抱紧背囊，小跑了起来。太阳不算暴晒，温度也不高，除了那场没来由的雨让她浑身上下都湿了个遍，布鞋囫囵个沾满泥土。走进考场时，湿衣服已经被日头晒干了，她抬头看了看屋顶上方的天空，一道浅浅的彩虹。是个好兆头。

"你觉得自己发挥得怎么样？"问话的记者叫廖缤，比丛云小十几岁，脸上的青春痘还没完全消退。她有年轻人特有的骄傲，不畏缩，不掩盖，用不着自我辩解。现在做记者需要大学或研究生以上学历，她一定是从某个名牌大学毕业，怀着一腔新闻理想才走到这个工作岗位的。自己是否得到公平对待，和她本无半点关联。

"发挥得挺稳定的，估分也很理想。"

"你上学的时候属于优等生吗？"

"平时的成绩不说上清华北大，去北京读个一本的大学是没问题。"记者的嘴角抽动了一下，非常微小的抽动，但她看见了。在外打拼这么多年，她了解每个微表情的含义。是丛云常常觉得自己不做警察可惜了。但自从知道了整件事的真相，无数次和那群人打交道，她才在心灰意冷中明白，没有什么事情不做是可惜的，包括上大学。人生不是一条道跑到黑，而是无数个转角，无数个路口，数不清的偶然。也许那个和她错换了人生的人，也过着不像人的日子。谁知道呢。

棉宝在哭。她中断了采访，起身进屋。她想在这屋子里避上一会儿。黑洞洞的镜头有如一杆猎枪对准她，随时可能擦枪走火，到时子弹会毫无悬念地击中她的眼眶或鼻尖，撕开皮肤，穿过颅骨，她会瞬间失去意识。那镜头又像黑洞，不分青红皂白地吸入，吸入时间和空间，把一切都扭曲。"这都是你自己选的，不是吗？"她自言自语道。选择在又一年高考结束之后、侄女珊珊中考前夕公布，这不是巧合，是她鼓足勇气之后的谋划，就和卖衣服也分季节一样，新闻热点也需要踩准情绪。但归根结底，还是三天前老师的那番警告让她惊恐难安。照她现在的脾气，没有什么能阻挡她为自己伸张正义，哪怕是迟到的正义。嗐，不怕了，有什么好怕的呢，错又不在自己。

她蹲下来，从书橱下方的一垛书底下抽出一张压好塑胶膜的照片，用手抹去上面的灰尘。前阵子她带着棉宝从原先的家搬走，特地翻箱倒柜找到了它。照片上的这三十九个人，大多名字已经生疏，但她忘不掉他们的脸。这一张张脸轮番出现在她的梦境里，她的幻想里，每回出现都还是当年的模样。她多希望他们早点告诉她，早点就好了。可早或晚，又有什么关系呢？

她犹豫了一下，将那张照片摆在记者面前。摄像机凑近，对焦。她指着最后排边上一个小个子女孩:"就是她,薛小琴,是她告诉我的。"

薛小琴

是丛云落榜了。

县里安排的毕业宴请她没去,之后的同学聚会也没露面。她从来没有怀疑过什么,也不曾察觉到有什么不对。如果说有的话,就是在三年前,她无意间在同学的网络空间里看到了当年毕业宴请的老照片。

在一张模糊的照片里,她分明看见了自己——穿一条用裤子改的裙子,白色的短袖衬衫,一头短发,刘海的长度和微笑时嘴角的弧度都极其相似。她翻遍整个相册,找出五张有"自己"的照片,保存在电脑桌面,一遍遍看。那女孩在喝酒,在唱歌,在照片的另一端、二十年前时间凝固之时朝自己微笑。

是丛云感觉自己暴露在冰天雪地之中,凛风从背后刮过来,刀子一样的冰雹砸在脸上。那天她分明没有去!她清楚地记得知道自己落榜后,不明原因地发起高烧。那天她身体刚刚好转,坐在田埂上收拾割下来的麦子和余下的秸秆。哥哥和母亲都能作证。为什么另一个自己会出现在照片里?她想找个人来问,却发现时隔多年,和那群昔日同窗早就没有了交集。

"现在你知道了。恨她吗?"她想撕开那名记者的嘴,把这二十年一肚子的苦水通通灌进去,再问一句:苦吗?

她没有回答,把头扭向一边。她感觉到其中一个镜头转了过来,对准了自己,焦距正在拉近。他们想拍她的眼泪。可是她没有。她选择做这件事,不是为了让别人看见自己的软弱。

"那后来呢?你是怎么知道真相的?"她在等这个词——真相——对她而言是审判,也是解脱。她没有预料的是,接下来的这段时间,她本以为更明晰的答案会浮上水面,结果只等来了网友的质疑和谩骂:"骗人!诬告!为出名!为卖衣服脸都不要了!老师有你这样的学生真是倒了血霉!"

她没有撒谎,没有编造故事,那是她二十年被错换的人生。可她没法证明"我是我",没法只拿记忆说话。

去年年初,农历新年前夕,她接到一个陌生电话,对方说自己是东城槐村一中的,叫薛小琴,正在筹划毕业二十周年的聚餐。是丛云记得,上学时她坐在第一排,个头小小的,说话声音很轻,常受人欺负。她哭的时候抽搭得很厉害,据说生下来就有哮喘之类的病。家里没有大人,只有她和弟弟。之所以记得这么清楚,是因为有一次,村里有个流氓一样的男孩打了薛小琴的弟弟,她为报仇,偷偷削尖了指甲,在那人脸上留下了几道血淋淋的疤痕。

那一次聚会,她去了。一桌十几个同学都是大学毕业生,还有两个读了研究生。有人已经做了东城市的领导,主管城市建设,一接手就是几个亿的项目;有人在省城当老师,带过几届的毕业班,评上了市级骨干教师;有人进了法院,专门负责商务有关的案子,还作为专家上过电视;有人做科技创业,对接的都是美国的企业。

是丛云坐在靠墙边的位置,看着他们碰杯,说场面话,炫耀事业和孩子。她后悔来到这里,把自己惨淡的人生赤条条展示给他们看。看着一张张圆润的脸、一个个富态的身体,他们眉飞色舞时仍依稀有少年的影子。

只有她一个人被困在了那个夏天。

那个夏天过后,秋收一过,是丛云又回到了课堂,身边的同学全都换了。他们唤她"留级的",不知晓也不关心她的历史。她曾经点灯熬油地学习、平时考试每个科目都接近满分、模拟考全区第三名……这些奋斗得来的成绩都随那次决定性的考试结束,永久地被掩埋了。可她多么渴望走出这贫瘠的村子到京城读书啊。如果这个愿望能够实现,她甘愿抵押所有,拯救这个破败不堪的家和自己惨淡的人生。

于是一咬牙,她又回来了。如果说有什么异常的话,就是教数学的班主任邵老师这回把她当作了透明人。就在前一年,他还当着全班同学的面表扬她,说这个班如果只出一个科学家,必然就是是丛云。他总那样和蔼地笑着,拍她的肩膀给她自信,选她做课代表，家访时在全家人面前称赞她聪明、有韧性。

只隔了三个月，她好像从他的视野里彻底消失了。他不再和她讨论数学题，在上课时不再点到她的名字，不允许她提前报出题目的答案，不再在家访时来她家。他的眼神总在躲闪着、退缩着，或者更确切地说是恐惧着、厌恶着。以她对这位老师的理解，一定是因为自己的落败挫伤了他的心，明明曾是他的骄傲却以最狼狈的成绩跌落到谷底，还闯入了他的新班级，招摇过市。他渴望建立声名、重新开始的新班级，有了她这样一个彻头彻尾的失败者，于是他才无视她的存在，给她脸色看。是丛云于是加倍努力，渴望再一次证明自己。

"别光说我们，丛云呢，听说最近生意做得很大啊。"佟海燕是她读书时最好的朋友。两家人住隔壁，平时一起上学，一起放学，中午一起啃馒头，吃对方从家里带来的咸菜。高考前夕，她因父亲调换工作去了省城，之后便失去了联系。那时候她俩就是彼此的影子，终日黏在一起。久而久之，是丛云的母亲干脆认海燕做干女儿，成天海燕丛云、海燕丛云地叫，不知道的还以为她俩是亲姐妹哩。

"做点小本生意。最近这两年还不错。欢迎大家到我店里买童装，给你们发超级优惠的折扣券。"她说话时是笑着的。只有她自己知道，她是怎么灰呛呛地从泥土里爬起来，又是如何重新整理心情继续把日子过下去的。

第二年高考依然失利，她莫名其妙被分配到一家专科学校学电机，可她并没有在志愿中报考这所学校。她去报到时，惊讶地发现来的学生都是邻近几个村的，都准备一拿到毕业证就去县城打工。因为什么都学不到，心灰意冷之下，是丛云只读了一个月就辍学了。一通折腾下来，她几乎花光了家里所有的积蓄。

那一年事事不顺，哥哥因为没有彩礼钱，入赘到了外村。爸爸得了肝病，只能卧床。全家剩下她和妈妈两个劳动力。家里的肉猪卖掉了，驴杀了吃了，母鸡不再产蛋，连窝棚里的柴火都不够用了。她托人打听，说进城有前途，于是两眼一抹黑进了城。发传单，在餐馆帮厨，火锅店洗碗，贴小广告，在洗脚城给人按摩，除了卖身什么都做过。人能卑微到什么程度，又能坚韧到什么程度呢？是丛云只记得有一回，自己发着烧还在工厂做工。有时候白天走街串巷，晚上跑到酒吧端酒，工资日结，只要能来快钱的活都做。每个月先把挣来的钱给到家里，自己留点糊口。即便是这样，父亲还是走了，走时瘦得一把骨头。临走前，父亲还抓着她的手问，上学的事怎么样了。那时她已经快要出嫁了。她在土坟前磕了十个头，说自己有朝一日会赚大钱，证明给全世界看。后来她跟着做服装批发生意的丈夫钱振满来到杭城，从门店做到网店，专卖童装，价格压低，走量，和供应商搞好关系，熬夜做客服，没过几年就红火起来。当然，那是之后的事了。

"回想这些年，用'熬'这个字最恰当。你知道熬中药吧，把所有材料零零碎碎都撒进锅里，开小火，气味会一点点升上来。这时候万万急不得，水煮沸还不够，还要等着所有材料都煮烂，在水里沤在一起，变成渣滓，分也分不开。最后等到水慢慢沤干，气味浓烈得要熏出眼泪。那个时候药效是最好的。"

是丛云目光扫过那张合照上的每一张脸。二十年前的画面一点点在眼前浮现。他们曾经和眼前几个做记者的年轻人一样，自信、阳光，什么都敢想，什么都不能使他们退缩。他们在土操场上奔跑，卷起灰尘，吃到肚子里也不怕；雷雨天去河塘捕蝌蚪，淋湿了衣衫也不可惜；站在骄阳底下直视太阳，直到看花了眼，还闭着眼睛喊：眼皮上好像有粉红色的蝌蚪游过呢。那次聚会上，每个人都变成了吝惜羽毛的成年人，说着恰到好处的话，举手投足自有其规矩和分寸。她望向他们时，渴望从对方的眼睛里找回高中时的影子，又怕自己暴露了什么，只能礼貌地僵持着。

是丛云肯来，不是为了叙旧。旧不值得叙，旧日只有伤痕，只有地狱般焚烧的烈火，没什么好留恋的。她来，是想当面问问，那个照片里和自己相像的人是谁。她打开手机，翻出提前下载好的照片，藏在桌子底下。她不敢当众问，如果他们都不记得，或一口咬定那就是她，她迫切的样子就太过尴尬了。是丛云把手机偷偷递给身边的佟海燕,她定睛看了看,语调轻松地说:"哦,那是邵老师家的女儿,差不多和咱们同岁。那天邵老师带她来了,大家喝了不少酒。挺活泼一姑娘,听说现在在东城望定县的一所农民工学校做后勤。"

她怪自己太大惊小怪,这世上长得像的人多了去了,有什么值得害怕和怀疑的。在她最低落、最不堪的时日,她不也暗暗希望在平行时空,存在着另一个自己。她希望那个人能够活得快活磊落,别像自己。

"就是那天,大家吃完饭,薛小琴走过来拉住我说,她上大学的时候听说学校里有个人和我同名同姓,也是从东城过去的。因为她们分属不同的专业,所以从来没见过那个人,只是在新生名录上看到了那个名字。"

"你当时是什么感觉?"

"我也觉着奇怪。我这个姓很少见的,爸妈也是生我之后才搬到槐村的,方圆几十里地都没听说有人姓这个姓。怎么会有人凑巧和我是同乡?而且还在我两次都没考上的大学读书?"

夜深了。是丛云匆匆和老同学们告别。已经在胀奶了,胸部的每根血管都似要崩开,隔着棉衣火辣辣地疼。棉宝还在家里等着喝奶,说不定已经哭着不肯睡了。想到这她不由加快了脚步。邵老师的女儿,和自己同名同姓的同乡,两次落榜。二十年过去,她不曾质疑过发生在自己身上的这些事的真实性。她煎熬着生活，脚步不停地往前奔跑，充满干劲地工作、赚钱，把自己变成一架永动机。她不能停下来，只要一停下来就会感到自己是破碎的，难堪的，是一具没有感情的空壳。也只有不停下来，不把自己交付给怨气，眼泪便不会凭空流下来，悔恨和不甘才不会从头至脚吞噬自己。唯有如此，她方能在面对那个眼神澄澈的婴孩时内心无愧，语气平缓地讲他也许根本听不懂的睡前故事。

  回到县城家里，母亲和棉宝已经睡下了，丈夫还醒着。这间二层小楼是她前年用攒下的钱买的。她太晚完成了离家时的志愿——让父母住进县城的新房。楼下的一间房里供着父亲的遗像，烟火和贡品始终不缺。他们家终于不再是村里最贫穷的人家了，不需要村长每年特殊照顾和国家的补贴才能活命。她也不再是那个在学校里抬不起头，靠成绩赢回一点脸面的小女孩了。她变得坚硬、无畏，甚至沾染了一点痞气。做生意这些年，和工厂打交道时她比丈夫还蛮横。有对手在网上刷差评，她比对手骂得还狠毒。每逢购物节下单量成倍增加，她就打电话交涉、调货、保证供应链，昼夜不停。她手机里加满客户，不定期求他们去刷好评，过年过节和他们互动。她不关心他们过得好不好，只关心自己的网店星级有没有提高、销售额在同类商铺中排到第几名、有多少人晒图给了好评。她似乎从中获得了年久缺失的快感。丈夫嫌她太拼命，她只说：有些事不拼是不行的,光认命是不行的。那不是她的性格。

回来了。钱振满起身给她倒了一杯茶：醒醒酒。她眼泪不争气地掉了下来。不知是不是酒精作祟,很少掉眼泪的她正被一场洪水洗劫,泪水霎时冲决了堤坝。她嗫嚅道:考学的事不对,一定有人在搞鬼。那个晚上,母亲为第二天年夜饭准备的食材在厨房里一排排静候,县城街道的灯火彻夜通明,两层楼的暖气散发着热气,棉宝在母亲的床上安然睡着。是丛云又怎么会想到,自己被卷入了一场她无法控制的游戏,而这场游戏没有赢家。

"后来找到那个顶替你的人了吗？薛小琴去证实过了？"廖缤急于结束这次采访。她还有很多素材要整理,还要在下午采访周边信源,包括邵老师、薛小琴,还有东城教育局的负责人。如果报道要见报,光凭是丛云一个人口述是远远不够的。

是丛云第三次起身回屋哄孩子,廖缤问摄像:你们找到邵美忠的联系方式了吗？

只找到了一个座机电话。他好像还住在东城。

廖缤飞速拨通了电话,开启手机的通话录音功能："你好,我是《杭城日谈》的记者,请问是邵美忠吗？"

"他出门了。"接电话的是一个中年女人,嗓音沙哑低沉。"有事吗？"

"哦,请问是——是丛云吗？"电话那头没有了回声,接着响起忙音。

邵欣冉

一周前,邵欣冉接到过一通恐吓电话。一个空洞的男声说:你个顶替别人的鬼,不如让你变成鬼,从世界上消失。她跌坐在地板上,血压直降到胸口,整个脑袋都是木的,手和脚不听使唤。她奔到卫生间,将早上吃的东西吐了个精光。这么多年,她一直在等待被戳穿的这一天。"是丛云"三个字,一片厚重的阴云,牢牢笼罩住她的人生,随时可能掀起狂风暴雨,洗劫掉她所有的一切。

从二十年前的那个夏天起,她被迫丢掉了自己的名字——邵欣冉,欣欣向荣的欣,冉冉升起的冉。"从现在开始,你就是是丛云。记住,没有邵欣冉这个人了。忘掉她。"父亲决绝地撕掉了她的几页档案,将另一份档案递到她面前。

邵欣冉绕开缠在档案上的白绳,里面是一份北京某大学的录取通知书和学籍资料,两份材料都盖有红章。她盯着上面一寸大小的照片,慌了神。实在太像了!吊起的眼梢,抿着嘴有些冷酷,叛逆从眉宇间流露出来。父亲并没说她什么时候才能做回邵欣冉,她也没敢问。

父女俩是怎样结束这段尴尬的对话,她早已不记得,唯一记得的是那天夜里，院子里闯进了一条大狗，怎么赶也赶不走。它昂着头叫唤，乍听像狼，渐渐叫声变为呜咽，每叫唤一下都重重敲击着她的耳膜和太阳穴。父亲说得对，还不是因为她不争气，成绩烂，连专科学校也考不上，高考分数像是被腰斩过的，才让他不得不铤而走险。

"你给我听着，我这是为你好。你爹做这件事没有回头路，成绩单、学籍、身份都调换过了。不用管我怎么做到的，这件事你知道得越少越好。你要替那个是丛云去北京上大学了。不对，你就是是丛云。"父亲额头的皱纹堆叠在一起，脸上不知是笑容还是愁容，在灯火晦暗不明之处显得格外苍老。他在她心目中是那样儒雅的一个人，所有教过的学生被他视作宝贝（她也暗自同他们争夺过他的宠爱）。逢年过节，只要他的学生回乡，定会提上几兜水果来他们家坐坐。他们对他毕恭毕敬，称他邵老师，几个年龄小的直接喊他邵爹爹。她从前多为这样的父亲骄傲呵，现在成了他的共谋。

京城这所大学大极了。邵欣冉踏上校园门口的草坪，踩在软绵绵的绿茵上，环视两侧拉起的亮红色横幅（欢迎96级新生入学！），欢快的音乐透过学校广播站的大喇叭响彻整个校园，她产生了曼妙的不真实感：自己不是冒名顶替，是命运，是命运让那个倒霉的姑娘丢掉了机会；这里没人认识自己，过去的一切都将过去，崭新的人生即将开始。

唯一的不便，只是那个名字。

从登上火车起，她用的就是父亲提前备好的假身份证，除了一长串家庭住址之外，还要背牢身份证号和出生年月日。她特地练习了那三个字的连笔，直到可以不加停顿地将它写出来。她书包最底下压着一本薄薄的户籍，是父亲特地到县户籍派出所办的迁移证明，上面写着是丛云的名字。

最要命的是被喊到名字。开始的几个月她常常忘了应答，必须用微笑掩盖不适和慌乱。习惯之后她对那三个字讨厌至极——就像有人给她下的诅咒，她需要时刻和它共处，熟练掌握它，全身心扮演它，把它化为自己身体的一部分。只有在夜深人静、整个校园阒然无人之时，她才敢一遍遍回味从前的名字，再将它一个字一个字读出来。她尤其喜欢名字里的"冉"字。那是母亲留给她的遗产。在她八岁时，母亲患急病过世。自那之后，父亲变本加厉地宠爱她。父亲常对她说：爸爸什么都可以给你，命也可以，只看你要不要。小学第一次考试，全班都考了满分，只有她是 90 分。她大哭着回家，父亲将她抱在怀里，两只胳膊箍得她喘不过气：欣冉，做你想做的事情吧，不想做的交给爸爸，爸爸替你做。爸爸果真替她做了很多事。抄写家庭作业，完成劳动课上老师布置的任务，拜托班主任给她个班干部当。小学最后的那次考试，她犯了肠胃炎没能参加，父亲提上一箱啤酒跑去老师家里。父亲说要有成绩，就有了成绩。她的人生也跟着松弛了下来。

活泼开朗，惹人喜爱，学习自主性有待加强。从小到大，每年老师给学生写的操行评语里，邵欣冉得到的都是这么几个字。他们不说她聪明，不夸她勤奋，也从不说成绩优异，而只是"惹人喜爱"。得益于这四个字，她在大学结交了不少朋友，还有可以睡同一个被窝谈天说地的闺蜜。他们都知道她来自东城，母亲早逝，父亲是高中数学老师，唱歌好听，喜欢热闹。他们从不知道，这个和他们一同上课，参加社团，复习考试，参加合唱比赛，笑起来特有感染力的女孩其实是另一个人的影子。

而这个影子的"真身"正在经历她的第二次浩劫。

邵美忠

邵美忠觉得不能再等下去了。还有一个月就要高考，而那个九头牛拉不回的姑娘正在发力。带过三年的学生，今年是第四年，他已对她了如指掌。他知道她会拼尽全力记下所有知识点，不惜牺牲睡眠也要把几本教材牢牢印在脑子里，她会写出所有问题的答案，即便是因为紧张而略有瑕疵，也不妨碍她拿到不低的分数。他担心她分数过高，那样会引起市里甚至省里的注意。这几年高考状元炒得热,到时候不光省市的领导要来视察,还要在学校外面挂起条幅热烈祝贺,几个报纸的头版头条都是各省市的状元名单和专访。他吃不消的。女儿刚到大学读了不到一年,不能就这样平白断送了。

其实问题从最一开始就已明了。是丛云的学籍档案早跟着女儿被调去了北京。去年九月,是丛云出现在他面前,信誓旦旦和他说要复读,他便如天打五雷轰顶。档案已调走,没有学籍可供她复读了。邵美忠当机立断,又找教务处管学籍的吴有清喝了顿大酒。上一次,他和他许诺第二年要全力辅导他读高三的女儿,不惜一切代价保她考到北京去,"就算是偷题我也给你闺女弄去"。这次他下了血本,托堂弟找到直管公务员考试的考官,力保吴有清的小儿子来年通过考试,加入国家干部的行列。这两次交换都是他调用了所有关系、倾尽所能达成的,他觉得自己一介乡村教师,能做到这份儿上,值了。

吴有清举起一杯酒一饮而尽,拍拍邵美忠肩膀,脸上泛着红光:"兄弟,认识你是我的福分。我没什么可给你的,也就只能帮你做这点事。"邵美忠从公文包里掏出一个厚厚的白色信封,硬塞到他口袋里。吴有清没拒绝,只是趁着酒劲儿嚷嚷:我办事你放心。

第二天,邵美忠从吴有清那里拿到了一张"复读(往届生)申请表",请是丛云填好,鼓励她再接再厉:"你没问题的。不要多想。"是丛云一转身,他便将那张表格团作一团,塞进裤兜,回到家里跟着做饭的柴火烧掉了。

第一关已经闯过去了,这浑水是趟定了。那不如做得绝一些,不然于人于己都没有好处。邵美忠盯着教室后排奋笔疾书的是丛云,心中升起的不是愧疚,不是忏悔,而是慌不择路之后的披荆斩棘,是必当见血的杀戮。他和她年纪一般大的时候,父亲偷偷烧掉了他的教材,等他从北大荒的农场赶到家里时只剩下一点余烬和青烟。理由怎么说都说得通:家里没钱让他读书、读书没用、他不是读书的料。他于是错过了第一届高考,接着第二届落了榜,等到第三届已经没了报名机会。从头至尾没人为他说过一句话。父亲直到临死前还不肯认错。看着他咽气,邵美忠的眼泪涌上来,他迅速拭去,又涌上来,他索性不擦了,擦不净的。他蹲在床边,眼泪挂在腮边,冷冷地说:"爸,那天你烧掉书的火,也把我给烧死了。"如果不是那团火,他就是大学生了,他会拿着毕业证书找到更亮眼的工作,而不是一辈子困在这破村子里,年复一年吃往届学生送来的苹果。

所以自打查到女儿高考成绩的那天,他已经决定了。不对,从第一次见到是丛云,他就已经决定了。他像培养女儿一样培养她,手把手教给她最过硬的解题技巧,借她聪明的脑袋瓜记住所有公式和方法。她比女儿勤奋、有韧劲,比女儿容易教，她能吃女儿不能吃的苦，流他舍不得女儿流的汗。最最要紧的，是她的父母。他见过他们好几次。两个人都是老实巴交的农民，除了种地和养猪没有别的长项。他们笑起来憨傻木讷，绝不会怀疑有人动了手脚，更没有什么本事和人脉替女儿出头。那样一个屋檐漏雨、土墙将倾的破败的家，也一定没有一分闲钱打官司。因此就算其中的任何一环出了差池，他也能全身而退。

这样的猎物堪称完美。

生在邵美忠成长的年代，太知道弱肉强食的道理，物竞天择，适者生存，达尔文真伟大。落后就要挨打，责任从不在出手打人的人身上，挨了打也只能怪自己不争气。棍棒底下，没有谁是清白的，只要肯下狠手，什么都是你的。他十几岁出头戴上红袖标用藤条抽打地主家的儿子；他眼看着父亲脖子上挂着块木板被游街示众，倒着写的名字上画着漆黑的叉，头发被剃掉一半，他跟着车辙印一路奔跑、身上被泼满剩菜剩饭，从那个时候起他就清楚地知道：有些灾祸，光凭人的一己之力是躲不过的。要生存，就必须动脑筋，自己想办法，哪管这办法有没有祸及他人。要抵达目标，就必得走常人不敢走的路。邵美忠活到今天，赢得尊重，都要仰仗自己的这份顿悟。因而哪怕就在这贫穷的村落，他也能尝到权力的滋味、操纵的快感。

还有一个月就要高考了，还有许多事要一一打点。邵美忠和吴有清特地跑了趟县城。任务很简单，找到给槐村考生监考的郭老师，送几条烟，让他多准备一份试卷，多安置一副桌椅。仅此而已。郭老师当天不在，第二天出现时并不领情，呵斥他们回去。邵美忠哭了，一双老寒腿颤巍巍跪在地上，泣不成声，断断续续说：我老伴走得早，就留下这么一个女儿，她在天之灵也不愿看她受苦。郭老师叹了口气，摇摇头，把烟夹在腋下，算是答应了。考试前加桌椅、考完试抽走成绩的事虽然没做过，但对替考、抄袭睁一只眼闭一只眼却做过不少。都是领导的孩子，又都是惹不起的领导，这里的天下全由他们一手遮天，自己的清白、名誉、坚持又算得了什么呢？最后事成，哪个不欢天喜给他送点礼，皆大欢喜。也是一种权力，不是吗？

邵美忠颇有些得意，因为那老师最后只抽走了带去的烟便拂尘而去，并没有暗示他送出更多的东西，不然事先包里藏好的一千块钱又要破费了。

事情进展得相当顺利，没有引起不必要的麻烦。是丛云就在那张加在前排的桌椅边上，一道题一道题填好了答案。她自信地将填好答案的考卷交回到监考老师手里，欢欣雀跃奔出了考场。一年的苦读结束了，大学在向她招手。只要是京城的学校，她不挑。她想报考建筑系，这样她就可以翻新家里的老屋，让父母住得舒适些。她想给槐村一中建一幢漂亮的小楼，想像梁思成、林徽因一样走访民间留存的古建，按照纹理图样一个个画下来。她忍不住开始想象，在大城市建造属于自己的大楼，像西方的高迪一样，把名字留在世界建筑史上。十九岁时破碎的梦，就由二十岁的自己完成吧。

多年以后，是丛云一点点拼凑起所有为了完成这场表演而精心准备的伎俩，对于人性的理解逐渐向她不可想象的深处行进，将她推搡到不能忍受的地步。她反复做那种从悬崖坠落的噩梦，疑心自己依然处在这场表演中，努力搭建起的生活都不过是布景。她从来都不喜欢直播，不喜欢一连串滑稽的名字从手机屏幕下方升起，不喜欢被围观，被揣度，被评价，尤其厌恶那种刻意营造的光鲜亮丽的氛围。因为她深知，除了直播台，除了这一方小小的时间和空间，她的生活、她的历史、她的现实，一切的一切都黯淡无光。

三天前她接到了他的电话。开始她不知道是他，以为是通骚扰电话。直到听见话筒那头说："丛云，老师看见你在网上发的话了。老师今年八十了，活不了多久了，能不能让老师安安稳稳地走。"是丛云愣住了，那人说话的声音竟如此虚弱、苍老，说几个字要捯几下气才能继续说下去。那个带领她进入数学王国的邵老师，黑板前敲着公式呐喊的邵老师，曾给她希望又碾碎那个希望的邵老师，她信赖过，感激过，憎恨过，咒骂过的邵老师。她一句话都说不出，想要说的话有如一团浊气在嘴边消散了。

"你也当了妈吧,"那苍老的声音继续着,"等你孩子长大你就知道了,当父母的,乐意为他们奉献出一切。当初我也是为了我女儿。希望你能理解。"她努力过了,可仍找不到一句措辞,说不出一个字。时间停止了,悬停在半空中。

"对了,你那个小侄女,叫是雅珊对吧,今年中考。"珊珊还在东城,那里到现在还是一张她无力挣脱的巨网。是丛云感到心脏跳到了喉咙口,咚咚作响,嗓子干得发痒。"你想要怎么样?"终于说出了几个字。电话却挂掉了。

第二天傍晚,母亲打来电话,说邵老师提着几兜水果来家里了,还硬要塞给她一万块钱。"你怎么说的?"是丛云有些慌了。"云啊,娘是庄稼人,不懂那些七七八八的事。但要拿钱买我女儿的人生,我不能要。他们当初就欺负你爹和我是农民,厌人。女儿这么大的事一点法子都没有,都没有那个脑筋去想办法。可是娘想不通,人心怎么能这么坏啊。"母亲在电话那头哭起来。是丛云想象她用手帕擦眼泪的样子,自己也跟着哭了。"妈,现在不是挺好的吗。往后日子还长着呢,咱们好好过。"

事情急转直下只需要半天时间。中午廖缤带着摄像团队离开了。下午是丛云的电话没停过。东城的姨妈、姑妈、哥嫂一家纷纷打来电话:"你在杭城,翅膀硬了不知道东城的黑。可我们还得生活,县里和市里的领导听说事情闹大了,要给我们小鞋穿,我们全家、工作、孩子都在人家手掌心。换句话说,咱们在明处,人家在暗处。删帖,道歉吧。事情已经过去二十年了,你又没有证据,退一万步说就算你赢了,人家给你道歉了,你又能怎么样呢?"

是啊,又能怎么样呢?二十岁的理想回不来了,大学梦圆不成了,父亲不可能从天堂回到人间。丈夫嫌她对这件事太执着,受不住家里的怨气,已经和别的女人在一起了。女儿还在长大。珊珊还要考高中、考大学,走她自己的路。

一双大手把她的命运整个扭转了,就在那个夏天。

是丛云打开电脑,思忖片刻,郑重敲下了三个字:道歉书。

眼泪滑落下来,仿佛二十年前那个夏天,她从麦田里抬起头时,额角滴落的一粒汗。

2020.6

爱与污秽

国际新闻台主播念出她名字时，我丢下刚要给新宝换上的纸尿裤，飞奔到客厅。

"瞅瞅这小姑娘，把自己男人给告了，要的钱还挺多。"婆婆摇着头，嘴里发出啧啧声，水晶梨的皮一圈圈掉进垃圾桶。"女人呐，真不该……"她常把"女人"两个字挂在嘴边，无论是做晚饭、去菜市场买菜、洗衣拖地，还是数落公公冬天不肯洗澡，夏天不肯关空调睡觉的诸种不是，"女人"是她的命数。说到这两个字时，她总爱抬头看我，似在征得我的赞同。

电视里的她比两年前我们见面时瘦了些，长发剪成短发，发量薄了不少，左额角裸露出来。一身黑色西装，面容憔悴，说话时眼神坚定，里面尽是质询，没有愤怒，只有挨过时间之后的疲惫感。镜头扫过，那男人西装笔挺，头发悉心梳过，戴一副斯斯文文的眼镜，比我想象中的更加人畜无害。

法官敲槌，庭审结束，原告败诉。男人五官舒展了几秒钟，又飞速回归常态。镜头捕捉到了这个瞬间，我的胸口有什么东西在缩紧。她转身，留下一条瘦瘦的背影。摄像机真残忍，断不肯放过她。她将桌上的文件收好，起身离开法庭，蜂拥而至的记者将一个小小的她围在中间。她低着头，一缕头发牵拉下来，刚好盖住侧脸。我看不清她的表情，听不见她说话，只见黑压压的摄像机如潮水将她的头顶淹没。

新宝在哭。光着脚跑回卧室，身后响起婆婆不满的啧啧声。一只手提着新宝的一双小脚，麻利换上新尿布，旧的裹好丢进塑料袋，袋子束紧。再喘下一口气时，泪水把眼睛灼得生疼。

一

京都祇园一家网络排名很靠前的寿司店，晚餐时客人三三两两聚集，店家大声招呼。轮到我时，店里的座位差不多都坐满了人。店家鞠躬道歉，问我是否接受和其他人共用一张桌。顺着她手指的方向望去，一个长头发女孩正低头摆弄相机。说声"打扰了"，拉开椅子坐下，她和我对视，微笑。她穿一件乳白色的长裙，质地看上去相当柔软，银色的项坠搭在锁骨中央，图案是一团云。她握相机的手指修长极了，指甲涂着淡淡的粉色，指甲边缘修饰得饱满。

"你好，请问你是本地人吗？"我试探道，不知道她喜不喜欢被生人打扰。她鼻梁很高，更显出眼睛的深邃，乍看上去不太像日本人。

"我家在福冈，九州，京都的西南方向。"听说我从中国来，她用欢快的语调说，她家到东京的距离和到上海差不多，那里的小笼包很好吃。

说话间，店家端来一碟金枪鱼寿司，半碟手握。手握是赠送的，店家说，第一次到店就和其他客人共用餐桌，实在过意不去。

"我叫黑崎佑美，叫我佑美就好。"她把单反放在腿上，往面前的小碟子里倒了些寿司酱，筷头挑一点手磨芥末，然后小声说开动了，小口吃起了手握。

"哇，也太好吃了吧！"她眯起眼，看上去幸福极了。

"你是在这里定居吗？"我问。

"我在东京读电影系的研究所。来这里就是随便走走，拍拍照，找找电影素材。"

一番话勾起了我的好奇心。上大学那会儿，我常和几个同学兼好友到南方的村子采风，拍古建筑、成片的水稻田，还跑到村民家里要来压箱底的物件。他们会将祖辈留下的门和窗拿给我们看，上面全是木雕工艺，多数时候质量都良莠不齐，又因为年代久远，刻线也看不分明，但我们照例规规矩矩拍照、录像、记录。有些老人会编灯笼和竹筐,他们不嫌麻烦,在院子里铺满材料——给我们演示。

我们走了许多山路,吃了不少苦,花两年的课余时间拍视频和图片,又将它们分类、整理、存进电脑,文档命名为"追寻消失的传统";可始终没能剪辑成一个完整的影片,哪怕是只有几分钟的短片。几个人私下闲聊时也说过以后想做导演、拍电影,在大屏幕上看到自己的作品。结果毕了业,一个去了中学当老师,一个转行学金融进了银行,一个考公务员到了税务局,我成了最苦最穷的记者。等再聚到一起时,我们都碰着酒杯,把当初的梦想当作喝醉后的玩笑话,讲完了笑过了,就那么散了。

店家盛了两碗味噌汤放在我俩面前,又端来一小碟腌过的甜姜片,说可以驱走寿司生鱼片的寒气。佑美笑了笑,说:"我可不信寒气湿气这一套。不过姜片这么做确实好吃。"她嚼上一口,连说不够甜。

"你都拍些什么呢?"

"拍过好些,好多都堆在那里不知道怎么用。我去年拍了一个漂泊在东京的年轻人,今年换了主题,想做'孤独死'。"她抬眼看我,"够悲观吧?"

"和电视台合作吗?还是自己独立拍?应该很费工夫吧?"

"原本是和电视台合作的,出了那件事之后合作就断了,现在都是自费拍，好在之前工作攒了点钱，想来也是好久不买新衣服和化妆品了。"我刚想问出了什么事，转念又觉得刚刚相识，交浅言深是大忌，便悄悄闭了嘴，闷头吃起鳗鱼饭来。鳗鱼汁的味道刚好，不咸不淡也不腻，配上切碎的蛋卷，浸到温吞的米饭里，一口下去，幸福感如电流般直抵脑门。

"你呢？特地来这里旅游吗？也是一个人？"

"嗯，一直想亲眼看看唐朝的建筑和街道，所以来京都转转，果然有想象中的风貌。"她笑起来嘴角显出一对梨涡，我又觉得那笑容好像在哪里见过。

二

其实我扯了个谎。来京都与其说是旅游，不如说是为了躲避。大学毕业后，我用父母的钱买了台小型的手提摄像机，不管走到哪里都带着它。那时我和美方一门心思想开工作室，筹拍自己的电影。我们把宿舍里的东西搬到了电影学院后身的一间出租屋，成天泡在大大小小的影像厅和电影院，看年代久远的片子；从校门口的摊位上买盗版的纪录片，蹲在书店里读黑泽明和小津安二郎的传记，到教室旁听导演系老师讲课，关心一切和电影有关的事。我们用交完房租后剩下的"电影小分队基金"买下大量光碟，在地下室的旧碟机上放，交叠的影像和喇叭似的音效让我们看得如醉如痴，直到住在隔壁的房东来敲门才发觉天都亮了。我们也看伍迪·艾伦的新片，看到闯入文艺名流聚会的作家在午夜十二点的巴黎街头等接他的车来，我们俩激动得说不出话。美方从不太制冷的破冰箱里取出一听啤酒，两个人轮流灌进肚肠，喝醉了就倒在地板上和衣而睡。我们无比坚信：以后也会有这样的车来接我们。

三年间，我们写的剧本石沉大海，投出去的项目颗粒无收，我们辗转于各大影展、交流会、学术研讨会、编剧导演培训班、影视剧片场。我们一趟趟坐火车，跑到不同的城市，挂上笑容游走在临时的饭局之间，在潜在投资人面前巧舌如簧。结果我们拍的片子从未收获过一次肯定，开始是别人，后来轮到自己，我们谁都不肯再回头看那些片子。我们始终没有等来那辆载我们去巴黎的车。

后来美方考了公务员，搬出地下室，到区一级的税务局做事，每天和图表、讲话文件打交道。我沉沦了好一阵子，喝酒喝到胃穿孔，还染上了烟瘾，一天三五包地抽，全是小卖部买来的劣质烟，熏得眼睛发了炎，再也不能长时间盯着屏幕看。偶然看到一家报社的招聘信息，特地剪了头发，买了身像样的衣服，带上那台小摄像机去面试。主编问我对职业生涯有什么规划，我顿了顿，说想成为国内最好的调查记者。主编盯着我看了半响，我不确信他微笑的含义，只见他将我临时拼凑的简历扣在桌面上。我被录用了。

我们只在京都的话题上停留了一秒,很快又聊回了电影。佑美说她不喜欢是枝裕和,不是因为不够好,而恰恰是因为太好,"你见过那样完美的生活吗?连痛苦都带有启迪意味?无论谁都肯伸手搭救?"她神情严肃,抬头纹一道道出现在额头上,恍惚间老了几岁。

"生活不容易,所以才有电影,电影就是造梦,人总得相信点什么,哪怕是梦。不是吗?"宁愿用最后一口食物去换一部爱看的片子,那种时候早就已经过去。人到了某个年龄,会难以启齿宏大的主题,专拣伸手可及的容易事做,这样就不会被挫败击垮,用不着承认人生的悲剧属性。

"那你平时都做些什么呢?我的意思是,你怎么养活自己?"她岔开话题。

"我原先是记者,现在也不做了。"聊起心痛的事,语气往往都是轻松的,好像只有这样,才不会觉得惋惜,也不给别人以劝慰的压力。

我不再说下去,佑美也没有再问。她点了壶温过的清酒,说是尽地主之谊。她率先倒了一杯给我,喝下第一口,一股不易察觉的香甜味荡在舌尖。

三

做记者的那几年,像是把我错付给电影的全部气力加倍偿还了。我卖掉几大箱碟片,把和电影有关的书全数卖给门口收废品的大爷,付清了最后一笔租金,喝光冰箱里的啤酒,一个人搬到报社附近的出租公寓。

新闻总是来得猝不及防,光凭蛮力很难追得上;按工作要求,手机需24小时开机,睡觉时也必须保持畅通。夜里,报社大楼的窗透出的白炽灯灯光穿过窗帘缝隙照进屋子。清晨天不亮,送报的黄马甲们骑上车奔赴城市的各个角落。我在那样的工作节奏里时常会失眠,心却是踏实的,好像自己加入了一场声势浩大的战役,精神亢奋,浑身是力。

二十岁出头的我什么都不怕。雨季,泥石流席卷了沿途几个村庄,我和两个同事挨家挨户敲门核对村民的死亡名单,比别家媒体早了足足三个小时报道灾情,甚至比当地政府的动作都快。返程时我们和司机失联,找不到来时乘的面包车,在随时可能塌陷的山林里徒步走了一天一宿,鞋都走烂了。最后我们在附近的县城落脚,瘫坐在小旅店的地板上,腿直哆嗦,嘴里说的却是,太好了,做成了。

化工厂爆炸发生之后,我们出动了编辑部的大半兵力,直接在距离爆炸现场不到一百米的地方搭起机器,连拍下一点点变暗的天空,还有接二连三的连环爆炸。我看到几个消防员慌忙取下消防车上的水枪,年龄稍大的队长带着他们喊了几次口号,硬闯进火场,仿佛是甘愿坠入深渊那样果决。他们都没能出来，最后被说成是英雄，家人代他们接受了表彰。一个个活生生的人变成方方正正的黑体字，出现在报纸版面上，其中一个还是我们报社的通讯员，笑起来牙齿洁白的小伙子。他们都刚满二十岁。

海难过后，全家人都死了，只留下他一个人。他在小区的空地上搭起帐篷，做临时的灵堂，里面端端正正摆放着他妻子、儿子、儿媳、孙子的遗照。我赶过去时，天色已晚，下起小雨，前来吊唁的人都散了，大捧的花束被保安收走，物业和几个年纪稍大的阿姨过来赶，说他"扰乱了小区的日常生活"、"不吉利"。他不起身，一个人盘腿坐在地上，雨将他露在帐篷外的后背淋湿，远看像尊佛。我陪他坐了很久，他可能知道我就在旁边，可能不知道，总之我们没说话。几声雷在雨幕中炸响，他站起来，一步步走进大雨里。我没喊住他，没问候他，没安慰，当然也没问出事先准备好的问题，没能为报道写下一个字。

我以为这是我事业的终点了，结果主编只是骂了我一顿，会上说我没有新闻素养，心肠太软，干脆不要做记者了，但并没有直接开除我。之后我又卧底色情场所拍下了性交易的内幕，扮成消费者到市中心的酒吧调查天价酒水，到西北一家医院的太平间调查院方和墓地的利益连带，跑到东南的一处传销窝点写下保健品传销陷阱的调查文章。每一次出发，我都对自己说，这是最后一次了，以后绝不再做了。等下一次任务降临，我的身体里仍会有什么东西像炉火一样炽烈燃烧起来，于是还是会毫不犹豫地冲上去。伟岸绚烂的城市深处潜藏着太多光怪陆离的秘密，我不相信世间没有阴影。小时候我多希望自己是太阳，照亮所有黑暗，再不济也做支蜡烛，燃烧自己，那时候作文都是这么写的。现如今我却只想让周遭暗卜来，静卜来，也只有这样，更隐秘黑暗的轮廓才会变得清晰，如同火山爆发后滚烫的橘红色岩浆，从数千米以下的地底涌动，迸发，冲破漆黑的地表，照亮黑夜。

四

"做调查记者，太酷了！"佑美坐直了身体，眼睛里闪着光。她说她爸爸就是记者，因为调查黑社会某帮派众筹的资金去向，一生颠沛流离，从鹿儿岛到福冈，又到新潟和奈良，最后在札幌生了场大病，穷困潦倒，"死的时候我和妹妹都不在身边"。

寿司吃完了，她说反正也是一个人晃荡，天还没暗下来，不如一起走走。我们起身走出寿司店，夏至的风有点清凉，一只乌鸦在头顶盘旋，不远处鸭川汩汩流淌。几个慢跑的人经过，一对情侣倚着栏杆耳语。三两人只是独自坐着，面无表情盯着鸭川的水。

京都真像是一场梦，身处其中也觉得不甚真实，不情愿醒过来，哪怕有朝一日真醒过来，也会一直惦念吧。我岔开话题，和佑美聊起京都和梦的辩证关系，她笑说，哪里只是京都，整个人生都是，如樱花开落，刹那而已。

人生如果真是一场梦，那么下面这件事是我无论如何也不愿回忆的，准确地说，我无论如何也不敢相信它真真切切地发生在自己身上。

做记者的第三年，主编安排我去采访一位长期研究性侵犯案件的同行前辈（姑且称他作戴先生）。当时性侵话题尚不在媒体讨论的范围之内，读者中也少有人关注。为了做当期妇女节的封面专题，编辑部临时开会讨论出了一个选题方案，专题报道国内为反性侵做出贡献的业界人士，借他们之口来讲述。戴先生是受访对象之一。

我和过去一样，二话不说便接下选题，托人联系到戴先生，征得对方同意后，又花了三个晚上准备采访材料。第一次采访非常顺利。戴先生虽时常以"斗士"形象出现在大众媒体的视野，私底下却是个相当温和的人，完全没有架子，从不打断我的提问；甚至推掉工作，花半天时间给我讲解法律细则。

在那间安静的咖啡馆里，戴先生讲起他穷苦的童年、外出进城打工的双亲、失明重病的奶奶；讲起他埋头苦读的大学之路，一路波折的法律征途；还有他如何辞掉薪酬不菲的工作，开启为乡村的女童提供保护的项目,十年来帮助几百名女性向施害者发起控诉。最后他说:"必要时开口,是每位公民的权利。我不是女权主义者,但却誓死捍卫女性开口说话的权利。"摄像机记录下了他说这话时铿锵有力的语调,他让人信服的样子也被我写进了稿件。

因为涉及各国复杂的法律条文和制度,外行的我少不了找戴先生帮忙查证,每一次他都悉数回复,在邮件里标注清晰,似一位循循善诱的师者。截稿日上午,我正准备将写好的稿件连同采访素材打包发给主编,突然接到戴先生的一通电话,邀请我去他办公室。

"早上翻到一本很重要的资料,才想起来之前忘记和你说,也许对你的稿子有帮助,不如当面说明,之后可以直接把书借你做参考。"熬了一夜写稿子,的确还缺少对制度性文件的专业阐释。我放下电话便骑车来到他办公室。一路上想着完成这篇大稿就短暂休息一下,去朋友在泸沽湖开的客栈躺上三天。

"天还不太暖和的,过来怪辛苦,先休息一下。"戴先生拿出柜子里上好的茶叶,用烧开的热水冲泡,递过来时还不忘嘱咐我"小心烫"。我当下决定,不如将这个细节也写进我的人物稿件,于是在本子上写下"茶烫"两个字。现在回忆起来,一切都像是事先预谋好的,每一帧,每一秒,都是为了抵达那个终极的罪恶。只是身在其中的我从未怀疑过。

"我按照戴老师说的方法,从联合国的网站查到了有关报告性侵犯的案件数量,发现救助体系相对完整的欧美国家,报告案件的数量反而越多,亚洲的数据少得可怜,印度、日本都是。"我呷了一口茶,急于分享熬了几晚的工作所得。

"的确是这样,报告数量不意味着实际发生的数量,而且像瑞典这样的国家,性侵案件的数量是按照次数统计的,哪怕是同一个人被另一个人长期强奸,也要按多次计算。"戴老师又往我的茶杯里加了茶水。

如果让我回忆那一天究竟发生了什么,我所能记起的,就是他从书架上取下一本白色封面的书。我记得自己起身接过那本书,正准备读标题和目录,之后记忆便中断了。等我再次醒来时,发现自己倒在沙发上,茶杯的碎片散落在瓷砖上,牛仔裤被褪到脚踝处,下体和两条腿像被钝器重击过一般,痛得快要失去理智。我忘记自己是怎么从沙发上爬起来,怎么打到一辆车,又是如何失魂落魄地回到家里,任淋浴喷头冒出的水流一遍遍冲洗身体。我忘记是从什么时候开始不再流眼泪,只是用微弱的声音在嗓子眼干嚎。原先稳固建起的厦宇彻底塌陷了,连同我和我的身体也跟着卷了进去。我感觉自己正被慢动作撕裂着,先是下体,再是腹腔,然后轮到胸腔,留在体内的最后的活力和尊严不复存在。我时而昏睡过去,时而醒来,醒来也只是无止境地发呆。

等黑夜如铅水灌满房间,院子里欢快的广场舞音乐响起,我猛然想起截稿日期。打开电脑,屏幕上赫然写着一行标题——《戴××:我不是女权主义者,但我誓死捍卫女性的权利》。我又哭了起来,无法自控地颤抖,哭到手心发麻,周身冰凉,好像唯有死亡可以热烈地迎接我。那片死亡之地柔软、温暖,没有黑暗的事物,没有娇蛮的欺诈相凌厉的刀锋。我愿意无所畏惧地躺进去,任由死亡将我层层包裹。那样我就能均匀呼吸,将自己重新拼凑成一个整体。

阳台位于院子的东南角,对面没有其他住户,楼下也少有人经过,不会吓到小孩子。搬进来时装修师傅特意加固过那里的晾衣架,现在只需要一根结实的绳子。只需要一根绳子,一切苦楚便烟消云散。我这样想着,恍惚走到厨房,拿起一把切西瓜的水果刀,刀尖锐利,刀刃轻薄。刀握在手里,我的命握在手里。我的事业,我的信仰,我的希望,我的身体,那里原本是一片生机蓬勃的沙滩,水草鲜,鱼肥美。如今海啸席卷而过,顷刻之间,片甲不留。

手机响了,主编问起稿子,说整个部门的编辑、报社的组版员、美编、校对员、编委、印厂都在等。"这个月第一个大版面你别掉链子,开天窗可是大事故,你一个人辞职都不够赔的。"我想说,我被我的采访对象强奸了,可能还被下了迷药,可是愚蠢的我事后莽撞地洗掉了所有的证据,却仍感觉自己从头到脚、从内而外都是污秽，像垃圾一样臭气熏天。我对着空气嗫嚅了半天，没能开口。从那时起，我失去了最后一次开口的机会。又死了一次。

点击了邮件的发送键，我交稿了。我背叛了新闻理想。我是一切罪恶的本源。

想到第二天登上版面的标题和文字，呼吁着女性的自由和力量，他的照片，那张伪善的脸，版面的右下角印着我的名字，我伏在卫生间的马桶上吐了好久，直到胆汁都快吐出来。

我没有报警，没有成为数据中报告案件的分子，我成了那个卑微的分母，千万人之中懦弱的一员。当初我写下那串数据时，我期待的是勇敢，是反抗，是势如破竹的胜利，如今我却蒙头叛逃了，希望从今以后没有任何人认出我，没有任何一个男人靠近我。我希望这个渺小的我能重新缝合。可就连这份希望如今也变得渺茫起来。那个眯着眼睛善意笑着的人，那个给予我帮助让我敬服的人，那个击倒我的人，那个将我撕得粉碎的人，成了漏网之鱼，混入人群。

我究竟是受害者，还是元凶？我是第一个？我会是最后一个吗？

我没能成为最好的调查记者。那辆车非但没能如愿接我赴宴，反而将我落在原地，与我为伴的只有无边无际的茫茫暗夜。

寒冬骤然降临，空气凛冽。漫天大雪。

五

"有一年我去印度新德里做贫民窟的纪录片。那地方一侧是光鲜的机场，另一侧是像纸片一样堆起来的棚屋。我们一行人扛着机器到那里，被一群小孩子围住。一开始还以为他们想被拍，其实他们只是想要一口吃的。如果非要拍，他们就要钱，给钱才肯拍。"佑美站定，看着远处的桥头，有人站在那里朝这边招手，她也挥手回去。

"我们总以为自己了解这个世界，其实还差得远呢。人人都说贫民窟是社会不平等、权力结构的差异所致，其实在内部也是一样彼此压榨。哪怕一个水龙头都有人霸占，收保护费，穷人靠压榨比他更穷的人生存。人没有想象中那样善良，善良都是相对的。"

我扭头看她，发现她眼睛里的池水搅动了，没有先前澄亮。我想给她讲讲自己的故事，但那故事太长，不知道如何开始，何时终了。"好想知道你都拍了些什么，照片也行。"我提议。

佑美沿街找了一处石凳坐下，打开相机，给我看她从前拍的照片。凑在一起的时候，她的头发拂在我脸上，好闻的兰草香。叙利亚被炸毁的房屋旁一个闭目端坐的老人；伊斯坦布尔清真寺，一个信徒俯身跪拜时吐了舌头；洛杉矶贫民窟里奔跑的墨西哥裔孩子；湄南河上卖草帽的妇女、划桨的船夫；爱丁堡旧城区的黄昏剪影，一个苏格兰男人穿着格子裙经过；泰国路边卖水果的小贩睡着了，脸上停着几只苍蝇。

"我喜欢拍这些人，"佑美用食指指甲轻轻敲了敲相机屏幕，"他们不算成功，也称不上失败，他们就这样活着，在世界的角落。"

"那你自己呢？常年在外面奔波，都没有生活压力吗？"我这么问并非出于窥探隐私的目的，而是自己当时碰巧正困于其中。不做记者之后，我试过好几份工作，都没有太大的激情，每天浑浑噩噩地过，心里的那团火熄灭了，连烟也几乎消失不见。中间一度被母亲叫回老家，说是姥姥生病需要照顾，实则是叫我去相亲。二十五岁那年，我见过形形色色的男人，无论从事的是什么工作，多大年纪，开口都先问交过多少男朋友，介不介意年底之前结婚生孩子，聘礼需要多少钱。我变成了一件可供交易的货物，一个穿着衣服的玩具。他们有的憨厚，有的幽默，有的寡言，有的傲慢，但无论是谁，都是我生活彻彻底底的局外人，我则是这部荒诞剧的看客，仅仅是观望，就已经丧失兴趣，更不必说加入其中、共同生活。他们没人知晓我的秘密，包括我的父母。如果他们知道，我将会第二次被撕碎，被遗弃，被唾骂，被说成是有罪的人。

我慢慢将自己活成一座孤岛，在无边的海面漂浮，无论经过什么都不停靠，就那样心安理得、满怀期待漂浮着。

天色渐渐暗下来，路灯一盏接一盏亮起，我们穿过人流，走在石板路上。远处的寺宇周身染上淡淡的光，似有似无。小巷从两侧低矮的民宅中间延伸，通向阒然无声的京都之夜。我试着不去问自己为什么在这里，为什么和一个初识的陌生女孩散着步，我们两个又将走去哪里。

"压力怎么可能没有？我去年年初结了婚，丈夫是母亲朋友的儿子，事业有成，在他们公司也是受人尊敬的人。人人都说，佑美你嫁给他，是修来的福，要懂得珍惜。"她停住，不再说下去，刚好一辆出租车经过，她下意识拦了我一下，说小心。

我们一路没说话，也不知道究竟要走到什么地方去，走路的方向距离我住的民宿越来越远，但不知为什么，我并不想停下来告别。

"你也是个悲观的人吧？"佑美举起相机，飞速拧上短焦镜头，路过几排灯笼刚好照亮我的脸，还没来得及反应，她便对准我按下快门。我开玩笑似的举起手机回拍了她。

我到底是不是个悲观的人呢？从我死去那天起，我便不再相信什么。跌入泥淖时，没有什么人肯来救你，你所拥有的不过是一副皮囊加上浑身烂泥。我一向笃信爱和美好，希望活出个样子来。曾经我的笔锋也对准过一些人,剥落他们的伪装,露出不堪的一面(我那时喜欢称之为真相),然后写成文字,昭告天下,换取生存和奖赏。我问犀利的问题,强人所难,不过是为了填充版面,写上自己的名字,赢得精干的名望。我潜入深渊最深处,与其说是为了新闻真实,毋宁说是为了满足自己和人们的偷窥欲。我是如此丑陋的人,却硬要伪装成光明的样子。

"佑美,我不是你看到的样子,至少现在不是,不,常常不是。我也不知道真实的自己究竟是谁。乐观和悲观对我而言只是结果,如果现实不允许你乐观,你只能悲观。"不知道我的日语有没有准确传达我想说的意思,佑美微微皱起眉头,有点困惑的样子。

相亲到第六个人,我放弃了。我不想再接受审问,满足那些条条框框,不想再用同样审视的目光看一个人,表面上保持礼貌,内里却满是绝望。我和母亲说,我一辈子不结婚,也可以过得快乐;我不需要一个孩子,一个外在之物来填充自己的生命。母亲气得摔门出去,不肯再见我。我不想再回到那座城市,害怕一个人走夜路,怕见到和戴先生相像的人,害怕密闭的空间,坐地铁时偶尔会恐慌症发作,突然间呼吸困难。我封闭了自己的身体,可其间的污秽久久不散。我的身体成了污秽本身。强打精神才能挨过漫漫长日,不必做什么就已支离破碎。

"可有人就是天生乐观,不是吗?我妈这一辈子真够苦,如果是我承受她承受的一切,早就精神崩溃了。我妹妹在英国留学时莫名其妙失踪,两个月没有音信。她就一个人去找,不会说英语,人生地不熟,最后居然给找到了。"

"你妹妹去了哪里?"

"因为我,她躲到英国去了,躲到国外还不够,还要隐姓埋名,不然日本的记者一样会找上门来。后来我爸去世,我结婚,也都是我妈来料理。我妈她就是那种第二天天塌地陷,今天也要过好的人。"佑美恢复了生气,在街角买了两支冰淇淋,一番品评,之后又举起相机拍人来人往的街道。我几次想问,究竟发生了什么事,和电视台的合作终止,一个人跑出来拍片子,妹妹还跑到英国躲避记者,但眼前的佑美看上去始终是一副无所羁绊的样子。

六

我们在巷口的一家居酒屋停留,一连喝了两壶清酒。聊电影,聊旅行,还有一些不着边际的事。佑美说她想在旧金山开一家小型的纪录片公司,到世界各地拍纪录片,问我愿不愿意和她一起。

"为什么非要去旧金山?"我问。

"我结婚之前去过那里，一个人去的。码头上的海鸥不怕人，起飞时停在半空，很好看。"

我喝了一大口酒，辣味从喉咙蔓延到胃。后来我一遍遍回忆起那个场景——居酒屋内昏黄的灯光，邻桌几个醉醺醺的男人相互敬酒，店员在虚掩的门帘后打盹——我总能记起佑美看我时的眼神，仿佛她正受困于一片无人之海，只等我搭救。那一刻我差点答应她，就差那么一点点。

"我和你不一样，我可不是那块料，过不了你这样的生活，这次来已经很不容易了。"

佑美眼睛里的光亮迅速黯淡下去。她低下头，默默喝完剩下的酒。

"那我能跟你走吗？就今晚。"路灯下，佑美有点醉了，脚步趔趄。我说我送你回去吧，我还没醉。她说她也没醉，但今晚无处可去。

回到我短租的民宿，走廊一片漆黑，其他的房客都睡了。我轻轻拉开滑门，扶佑美进去，关上门，在榻榻米上铺开被子。起身，才看见佑美在哭，双手捂着脸，眼泪从侧脸和下巴滑下来。我轻声叫她："没事了，这里小是小了点，但住上几天不成问题。你不要担心。"我以为她是被什么人抛弃才流落至此，之前说找电影素材，不过是说给陌生人听的借口罢了。可她依然蹲在那里，无声地哭着，整个人纤细瘦小。

等我从卫生间拿纸过来，她缓慢起身，背对着我，连衣裙褪下肩膀。在天花板那盏小小的灯泡底下，她的后背，肩膀，腰身，平日被衣服遮住的地方，散布着深深浅浅的伤，有的是新伤，刚结血痂，有的是旧伤，淡淡的青紫色。

"我向法院起诉，可是没用。"她不再哭，裙子直褪到脚踝，大腿上也有。

"因为这个丢了工作？怎么会——"

"没人理解的。在日本，一个女人把丈夫告上法庭，还在媒体上露了脸、被人知道了名字，法院判赢和判输区别不大，"她说话时并不看我，"女人丢了名节，是他们唯一在乎的事。"

从她断断续续的讲述中，我得知她为了这场官司和自己的家庭彻底决裂，连最亲的妹妹都不理解她，说她丢人现眼，让家人跟着蒙羞。丈夫家的亲戚从老家找上门，威胁她，骂最难听的话，想让她撤诉，说她为了出名赚钱脸都不要了。连负责的警察都说，这种案子见得多了，告赢的没几个，搞得自己后半生名誉扫地、无着无落的倒是一大把。她独自从家里搬出来，还要担心丈夫和他家的人在街上围追堵截。他只需要说"这是我老婆"，就能在众目睽睽之下将她扭送回家。她后来报名读了夜校，专攻诉讼法，就想打赢这场官司，为自己正名。

"我必须不停工作，不停拍片子，一分钟也不能停，才能不去想这件事，才不会那么疼。"她已不再啜泣，闭着眼站在那里，从脖颈到小腿没有一块皮肤完好无损。"他很聪明的，专门挑别人看不见的地方打。"她嘴角浮现出自嘲般的笑。

我一句话都说不出，只能轻轻轻轻地抱着她。若非亲眼见到、亲耳听到，我绝不会相信这样荒谬的一件事，受害者不但挨了打，还要背负肉体伤痛以外的道德责难。这一道道残忍的伤口，就像断崖上开出的恶之花，一朵一朵在我怀里绽放。我感到身体里有东西在灼烧，五脏六腑像是掉落进翻腾的岩浆，发肤和四肢却是冰冷的。待一直憋在心里的一口气长长吐出，鼻眼才酸胀起来。

我们相拥大哭。

七

第二天一早，我醒来时佑美已经不在房间。除了纸篓里擦过眼泪的几张纸巾，还有枕边似有似无的兰草香，没有证据表明她来过。我特地翻找了衣柜和茶几下面的抽屉，也没留下什么只言片语。

慌忙跑出门，小径和昨夜一样静谧，清朗的晨光洒落在门口的石头上，一只小巧的鸟雀栖落又飞走。走到桥头，想起昨日佑美曾朝这里挥手，我也下意识地挥了挥手。鸭川在白天时安静极了，不知名的水鸟不时降落，犹如古画里的仙鹤立在水面。几尾鲤鱼在阳光照不到的暗影里、水草间自由穿梭。我走过昨晚的寿司店、居酒屋、祇园、八坂神社,在清水寺的手水舍前交替洗手。我想亲自问问神,在遇见我们之前,他是否早已知晓了我们此刻的命运。

离开日本前夕,途中我曾数次在大大小小的神社前驻足,想从那些在树林深处合掌祈愿的人中间找到佑美,却一无所获。我们之间所有的交集、那些无人知晓的对话,唯一能作证的只有手机里的一张照片:她扭头微笑,在被白灯笼照亮的神社前。

回国后,为了养活自己,我应聘进了一家教育机构,每天的工作就是忽悠家长为自己的孩子交钱。我恰到好处地利用了他们的焦虑,把未来的世界渲染得危机四伏。我和机构内的一名老师结了婚。他性情温和,从未问起我的感情经历,同样不知晓我的秘密,我的污秽,我的爱。和所有婚姻一样,我们各取所需,放弃质询。然后就有了新宝。一个无数次将我融化、终日把我拴在家里的小家伙。等他长大懂事,他将不会从家里的玩具堆、早教书和瓶瓶罐罐中,找到任何关于他妈妈年轻时做过的梦的痕迹。

"我出去买菜咯!唉,女人呐——"房门砰地关上。我回过神,发觉自己正在新宝的小床边哼唱着什么。他嘟着小嘴早已安睡。

"曾经我也想过一了百了，因为你灿烂的笑容。

尽考虑着死的事，一定是因为太过认真地活。

曾经我也想过一了百了，因为还未与你相遇。

因为有像你这样的人出生，我对世界稍微有了好感。

因为有像你这样的人活在这个世上，我对世界稍微有了期待。"

无数次在鸡零狗碎的庸常生活中恍神，无尽的琐事一次次将我撕碎，我又努力将自己一片片拼合起来。如此反复，年复一年。

我总会想起夏日京都的那个凉夜，想起午夜的居酒屋，一个女孩端起酒杯，笑盈盈地向我发出邀请："码头上的海鸥不怕人，起飞时停在半空，很好看。"

"好啊。"我说。

2019.7

漂流

临近过年,我被辞退了。

午饭后,领导把我叫到他办公室,脸上堆起数层笑,和我谈起公司的发展。他说,"明年公司调整业务,你负责的这一块我们不做了"。我说,哦。他怕话头落地,马上补一句,"给你补发三个月的工资"。我说,好。他见我没反抗,露出尴尬的神色,好像非要我拿刀捅向他的肚子才好似的。

"那个绿萝快死了,再放下去要长蛆了。"我指向窗台,外面一只秃了毛的野猫在诱捕花坛里的喜鹊。我满以为今天公司会发点什么,年终奖、戴森吸尘器或者电动牙刷,都行,不挑。

我早预料到这公司有人会走,只是没算到会是我。上个月朋友介绍了个广东的大师给我,通过微信给人算命,一次五百九十九元,两次八百九十九元。我交了两次的钱。命一次就算完了。电话那端,大师声如洪钟,一口叫人牙根发紧的广普话:你今年会很难。我心想,这年头谁不难?这场瘟疫就像疯狗似的,见谁咬谁,狗在前头狂奔,打狗的人除了跟在屁股后头撵,一丁点办法也没有。它途经的地方,生意黄的黄,店铺关的关,小区封的封,医院的诊室就像菜市场。一早来公司的地铁上,我一直站不稳,不管怎么扎好马步、绷直小腿,人都在晃荡。这放在以前就跟做梦似的。地铁里也透亮,车厢里的粉丝应援,还有原来吊着的扶手上的不孕不育广告都不见了,车站站台两侧的大幅广告位也空了出来。我在口罩里艰难地呼着气,走过疯狗扫荡过的写字楼底的商铺和街巷,就像只身降落到火星。

大师说,你今年工作可有点悬。

怎么个悬法?

就是有些处理不了的难题,在等着你去摆平。

我心想,算命的可真玄乎,每回都说得模棱两可。

我既没问有什么破解的办法,也没敢和大师要余下一次的钱(就当买条命)。谁想第二天我就卷铺盖走人了。大师只说"有点悬",没说第二天就叫人开了。我顶不满意,又没底气去把钱给讨回来。

如果要对整件事追本溯源,也许就因为我是女领导招进来的人。男领导和女领导不和也不是一天两天的事了。整个公司都夹在两个人错综复杂的关系里，有人站队，有人投降，有人逃命。我是那个无所谓的人，谁给我钱我就听谁的。即便是这样，还是有如泥菩萨过江。

说实话，我打心眼里喜欢那个女领导。她不算漂亮，也不温柔，但称得上善解人意，要知道领导要做到这一点难于登天。有一回我的设计稿被男领导毙掉，我蹲在公司外面一口口抽烟，她走过来，停下来看了我两秒，拍了拍我肩膀，走了。我站起来，抽了一半的烟掉在地上，我下意识用脚碾了两下。她个头不高，才到我胸口。刚刚她看向我的时候，我心里咯噔一下，一截烟灰掉在地上。我已经有很多很多年没见过有着那种眼神的女的了。不是怜悯，没有傲气，毫无所求，只有理解。她走后，我右腿的大腿根发麻，想着要在这里一直干下去。干到她不干了为止。

女领导没有家，公司就是她的家。单就这一点就免不了蜚短流长。一个四十五岁的女人，从西南山里的老家来到一线大城市打拼，一年到头的工作就是出席推介会、接受记者采访、给一家创业公司做宣发、办一季又一季的节目、跑不同的城市找赞助商。逢年过节抱外甥和外甥女合影，给他们买衣服和玩具，发红包。这说不过去。

我也不懂她。只知道她给我的设计稿提的意见都挺在理，听得进去。直到一个工作日，周二还是周三早上，我提早来公司导出前一天的设计文件。一进园区就看见她站在远处，拿着一沓纸原地打转。

头一晚下了不小的雪，整个园区的路和房屋都染成了灰白色，配上两侧灰色的砖墙、黑色的屋顶，好不肃穆。一个瘦小的圆点钉在这肃穆的布景中央，随时可能要松动的样子。不知道为什么，我没胆量走过去，扭头躲进一旁的打印店。

两个小哥正在啃油条。"那女的想干吗？""不知道，非要做 A3 的，上哪儿给她找 A3 的打印机，照原样缩小也不行。""脸拉那么长，要不说现在的女的都不好惹。"他们朝我笑了笑，好像我和他们是一伙的。

推门出去，看见她将一沓纸夹在胳膊底下，人蹲在路边，头埋进胳膊。走近了些，才看见她在哭，蹲在雪地里，抖成筛子，小小的一团黑色。设计清样一定要用 A3 纸，做等比例大小才可以。文印店的人不懂这些。我本可以走过去，像她安慰我一样，拍拍她的肩膀。可我就跟见了鬼似的，一步也挪不动。

我在许多事情上缺乏同情心，但我必须承认，看见她哭的那一瞬间，有一股酸水从鼻咽处一路顶到后脑勺，必须不停眨眼才能好受一点。刚进公司那会儿，我总怕自己做错事，怕自己不够懂事，变成那种被惯坏的年轻人，骄傲，自大，特拿自己当回事，讨人嫌。我按照从我爸那里学的职场招数：聚餐时给她盛菜，不小心把一大勺牛蛙汤淋在她面前的玻璃杯里；进电梯的时候让她先走，结果自己被关在电梯外面；我替她取快递，把到付的钱也一并给垫上；录节目的时候只要她出现，我就本能地起立，座位让给她坐。每次她都不按套路出牌，快递费是一定要转给我的，其余时候要么直接说"不用这样"，要么还得替我收拾烂摊子。大部分情况下她都一笑了事，就好像老戏骨一眼看出年轻演员的破绽，却从不说透。她不只对我一个人这样。

我疑心自己有点喜欢她。我的工位背对着公司大门，可我却能第一时间分辨出她的脚步声。她经过我的时候，我会用余光偷瞄她一眼，看她那天穿了什么衣服，心情怎么样。只要工作得到她认可，下班后我便感觉自己轻盈了很多。回到那个暂且可以称作"家"的地方，也没有那么孤独了。有一次，我梦见和她去了山顶的一处游乐场，荒废的游乐设施生了锈剥了皮，山里寸草不生，一个人也没有。我们朝着风刮过来的方向并排坐下来，春风轻柔，混着青草和泥土的气息。我们看见山下层层叠叠的尸骨。万物俱寂，夕阳是粉蓝色的。她说，有朝一日她终究会离开这里，没什么好留恋的。我不知道说什么，一直沉默着。她侧过身，问：假如你第二天就死了，还有什么好遗憾的吗？醒来后，我在窗边坐了许久，皎白的月色像一场即将飘落的盛大的雪，而我就停留在此刻，一段从未和任何人提及的历史之中。

我可以忍受奇奇怪怪的梦，忍受自己被贪念折磨，唯独不能忍受两位领导的争吵。他俩争吵的时候，我无法像别的同事那样置身事外。我什么都做不了，手指僵直，大脑空空，有时候需要跑到园区外面抽上几根烟才能平复。我害怕听见她嘶吼，原来人在极端无助的时候，会爆发出这样可怕的能量。

这股力量将我直接推回到更古早的时期——童年的我，就是这一场场战役的旁观者。九十年代初，爹刚从体制内出来，跑到深圳做电脑软件的生意，用了三年工夫做得风生水起，转手把工厂卖给别人，大赚了一笔；从以前灰头土脸的瘦小子，变成了满脸油光、头发锃亮的中年人。不知道在深圳，他手下的人都是怎么娇惯他的，他回家以后每个毛孔都变得不可一世，成天像要掀了房顶盖似的，除了吼还是吼。从前和他过苦日子的娘，还留在小城一成不变的时光里。每天扫地、做饭、缝补衣服、和邻居聊闲天。我刚上小学，每天放学回家都要先趴在房门上听动静，如果吵得太凶就出去找同院的小伙伴玩。弹球、卡片、塑料子弹枪、用沙子做碉堡，不能玩太久，要赶在收尾时进屋，不然遭殃的就是我自己。开始我还会背着人抹眼泪，跑到锅炉厂后身的煤堆旁抽泣半天，以为自己是个多余的小孩，他们生下了我却不爱我，又不能把我丢掉。久而久之，我的心变得坚硬不摧，像一块炭黑色的礁石，丢到哪里都不起眼,也不渴望一丝一毫的同情。我试着将他们一次次的争吵当作成年人之间的游戏。因为只有游戏才能让人不分昼夜、日复一日地投入。这样才说得通。

他俩在办公室吵得最凶的时候,我们谁也不敢上前。我把耳机里的音乐调到最大声,又想听他们在吵什么。最激烈的一回,园区的物业、做饭的阿姨、隔壁公司员工都赶来协调。一场鏖战过后,途经办公室,透过掀开的百叶窗,我瞥见文件、书和花瓶散落在地上,满目狼藉。这公司长久得了吗?我不止一次问自己。可我舍不得走。我想要在这里一直做下去。做到她不做了为止。

之前有同事和我说,他俩有过一段。"有过",在我的理解,就是睡过。睡过的人,就算日后摘得再干净,也会不小心沾染上对方的某种气息、一点要命的习惯、偶尔闪现的回忆。假如你讨厌这些东西,又被它们缠住,就会不自觉厌恶自己,最终不得不和这种自我厌恶的情绪搏斗。后来又有人说,她其实是他的前妻,他跟一个员工出了轨,两个人不得不分开。生活分开了,事业却都放不下,一起创办的公司,谁也不愿先撒手。还有人说,他俩是情人,原本都有自己的家庭,私奔一样创了个公司,最后股份却分不明白了。世间的道理大多是相通的。谈钱伤感情,谈感情伤钱,既谈钱又谈感情,无异于自杀。我难以想象(其实是不敢想)他们在一起的样子,她本可以更自由,更辽阔。

不过这些说法都是捕风捉影,我宁愿相信他们只是管理理念不合。不然我没办法面对她,看着她说话,脑子里却在想别的。

我原以为他们会一直吵下去。哪怕是吵到嗓子发哑,大打出手,天崩地裂,也比分道扬镳强。因为这公司没了他俩中的任何一个都活不了。分道扬镳意味着我要丢掉饭碗。我已经三十二岁了,不想再把纸片一样轻薄的简历发往各个公司的邮箱,等着什么人来面试我,再去和几个鼻孔朝天的人反复解释自己的能力。我一米八三的个头,撑起两只手臂的肌肉,把自己塞进人模人样的西装里,就算抽上十根烟、灌下一箱酒,也做不出那样的事了。

我爹总说我,年纪轻轻,怎么一天到晚唉声叹气,没个年轻人该有的样子。我爹那个年代的年轻人,各个怀抱着建设祖国的热情、为现代化建设添砖加瓦的冲劲儿活着。哪怕是到工地搬砖、到农场犁地、在田里种秧苗、在乡村一所破被烂烂的学校教书,人都是带着劲儿的。他不明白我为什么累,为什么垂头丧气,为什么把自己的生活过得一塌糊涂。

我说爹,你每天跟我挤两趟早晚高峰的地铁,对付那些糟烂的人际关系,半夜被客户或领导的电话叫醒,完成一次全年的KPI,就什么都知道了。"KPI是啥意思?"我爹端起鼻烟壶,猛吸了一口,闭上眼睛,喉咙口打出一串连珠炮:"你在大冬天二半夜领过全家的粮食吗?成宿成宿劈过柴火桦子吗?去粪坑里刨过盖房子的砖吗?因为挨饿偷过邻居家的苞米然后被疯狗咬穿小腿骨吗?你挨过饿吗?晓得饿到产生幻觉是什么感觉吗?挨过打吗?知道被揍到全身上下没有知觉是啥滋味吗?"

我就多余说。

可我还是照样厌恶地铁。那是迄今为止最糟糕的发明。人变成了流水车间的货物,被分散在不同的站台、不同的车厢门、不同的闸机口。我们甘愿被塞进集装箱一样的车厢里、把自己的生存空间压缩至最小,只是为了去上个班。它是帮凶,是纵容犯,是这个城市流着毒血的血管,它让城市的建设者、公司的领导,还有我们这群倒霉蛋能容忍每天两三个小时的通勤,还连连感叹:要是搁以前,指不定要多久才能到呢。地铁里呼啸而过的风永远一股发霉的气息,好像在说,我已经开得很快了,你再忍忍,再忍忍。别说了,我的肩头已经挨上了一个女孩的耳朵,我生怕她回身扇我一巴掌。

没在大冬天二半夜领过全家的粮食,可我知道外卖就是那种你不想吃却不得不吃的东西,没人有闲心加班到十一二点再回去给自己炒两个菜。没成宿成宿劈过柴火桦子,但设计方案和甲方需求一样要了我半条命,让我不得不在深夜强打精神,猛灌咖啡,独自对抗睡眠的冲动,只为了保住一份工作,然后再用三分之一的薪水租一间十几平米的小屋住。去粪坑里刨盖房子的砖是没干过，但公司那摊子烂事、谁和谁一伙、谁和谁不和比粪坑还让我恶心。每天坐在隔间里，在电脑上打字，装成没事儿人一样，协调这个，协调那个，安抚了这个，再安抚那个，我宁愿跳进粪坑，发臭，溺死。挨饿偷过邻居家的苞米然后被疯狗咬穿小腿，这感觉大概相当于，那天我发现别家设计公司偷了我的创意，我还没来得及申诉，却被对方一纸罪状发到了网上，他们打着正义的旗号，先发制人反咬一口说我发在网上的作品有剽窃之嫌。接着网上一群不知从哪里冲过来的狗赶来围攻我。我倒在人烟稀少的苞米地，等着有人来救我，哪怕一个人也好。第二天被辞退的却是我。只因对方公司的公关出面，主动提出可以预支一笔品牌合作的宣传费。那笔钱，比我这个人重要太多。没人想要靠牺牲自己换取大局，那种事多虚伪，多扯淡。

反正我是那种绝顶自私的人，只想好好赚钱，攒钱在这里买个房子，娶个不讨厌的女人当老婆；生个孩子，每天带他去楼下的花园转转，不用担心小区里车来车往、开得飞快的电动车撞了他；他能自由自在地奔跑、呼吸、比我快乐一些，不必再忍受争吵。这些，在我爹那辈，不是再正常不过吗？为什么我连想一想，都觉得是在做白日梦呢？

删光了所有设计稿，笔记本电脑还给人力，只带走办公桌上那盆绿萝,坐上让人精神萎靡的地铁,穿城回家。这个姑且可以称为家的地方,其实只是我租了一年的房子。隔壁屋住着一对做传销的情侣。他们人挺好的,除了喜欢在我最寂寞的时候做爱,让人牙根连着心肝发痒。他们不在家的时候,我就成了整个房子的主人,反锁房门,赤身裸体走在卧室和阳台上,用望远镜偷看对面楼的老奶奶。别误会,我没有什么特殊的癖好,对老奶奶也并非不怀好意。她走路的姿势实在太像我外婆了。小时候被她抱在怀里,能闻见她身上的肥皂味。我有七八年没见过她了。有段时间经常做梦梦见她死了,梦里的她总是笑着的,连死后也是。我从上大学起就盼着她死。我想要怀念她。我想要她耳清目明,四肢有力,嗓门透亮。我不想她一遍遍问我,你是谁,在哪里读的大学,讨老婆了吗。七八年前她被关进了自己的世界,听不见,看不见,嗅觉和味觉一并退化,一个人独自回到了时间的原点。那天日落时分,我站在养老院的门口,想和她道个别,第二天再回学校上学。可是她什么都不知道,什么都不明白,怔怔看我,张着嘴,像条任人宰杀的鱼。

一番折腾之后,我躺倒在床上,从此也是没有牵绊的人了,浑身上下完好无损,没有人朝我挥一个拳头、动一根手指,可是我从头到脚都没有了知觉,活像被浸在冰水里。从那天起,我夜里睡不着,白天什么事都做不了,偶尔倒在那张窄小的床铺上睡着，反复只做同一个梦：因为我的错，海平面上升了五米，家就在海边，所有人都在逃命。我伏在一块冰川上漂流，漂流，漂到一片陌生大陆。天和地是银白色的。海是黑的。寒风猎猎。我是一个没有骨血的人。

隔了大半个月，我才在脑海里将整件事的时间线复盘——在我被辞退之前，女领导就已经消失了。我永远没有机会拍拍她的肩膀，像她望向我那样，给她安慰了。她消失得没有预兆。年终的会议过后，她请大家伙儿一起吃饭。我们都喝了很多酒，只有她没喝。我们照例说些年关的祝福话，表表决心，畅想未来之类的。她不搭茬，安安静静地听。等我们都醉倒了。她说：你们要对自己负责，对得起自己就行了。我喝了不少，但当下却清醒得能背出一篇课文。我看着她离开包厢，结账，消失在初秋温凉的夜色里。

女领导消失之后，公司陷入前所未有的动荡。投资人撤资，业务锐减，员工大批离职。来面试的人络绎不绝，办公室变成了菜市场，人来人往。在外人看来，这家公司再正常不过，人员变动也是意料之中。只有我们自己知道，它最精巧、最有活力的内核已经随着她的离开永久地枯死了。我们余下的这几个人，仿佛经历了一场鏖战，疲惫不堪。我反复做那种她回来的梦，梦见一觉醒来，她就又出现在我面前，然后我们感慨一番、流着泪，继续共事。这样的梦原本是羞于和人讲起的，结果无意之间，我发现我们这里几乎所有人都做过类似的梦。有时候我会一连几晚幻想着又幻灭着。她或许会怨恨我们还留在这里，但像我这样散漫的人，又有什么别的地方可去呢？

事已至此，我究竟是作为她的余党被清除，还是因为在网上被围攻所以才被辞退，都已经不重要了。在这家公司的三年时间里，我从一个什么都信的人，变成什么都不信的人。从走在地铁站脚下虎虎生风的人，变成必须倚靠点什么身体才能不晃动的人。从一个滥好人变成一个容易愤怒的滥好人，且这愤怒只在没人的地方才敢燃烧。

天色暗下来，每天这个时候我本应挤在地铁里，跟着人潮挪动步子往家赶。我最恐惧一号线和十号线换乘的通道，防空洞一般晦暗，一眼望不到头的活人脑袋，黑压压一片，宛如墨黑色的深海——就要被吞没了，再次浮上来，猛吸一口浑浊的空气，再次沉入人海。一张张蜡黄、无表情的脸迎面过来——现在不用再忍耐了，是吧？正当我架起脑袋，看窗外黑下去，心也跟着跌落到谷底，这时爹打来电话，问放在家里的旧电脑还用不用了，不用就拿去卖钱了。他硬要我在电话里指导他打开那台电脑，好像非得打开看看里面才安心，和他挑西瓜时一个德行。

炒股的这些年，他一直在赔钱。先赔光了他在深圳打拼的血汗钱，再赔光了我娘的嫁妆钱，接着赔光了娘给我攒的买房钱，之后开始琢磨家里的电器，但凡值点钱的都送去典当行。卖到最后，我的旧电脑竟入了他的法眼。不知道为什么，一直怀着一种幻觉：再投一点，没准就赚了。就像那只自命不凡的精卫，拖着瘦成干的身子，一次次渴望填平汪洋大海。我娘、我、整个家，都在为他的愚蠢买单。谁也拦不住他。我只能远离，我娘则靠无休止的争吵找心理安慰。

放下电话，肚子饿到没力气做饭，又舍不得叫外卖。冰箱翻了个遍，能直接吃的东西只有上上个礼拜室友剩下的一小块酱牛肉。我大口啃那块冰冰凉的牛肉，牛筋的丝络塞进后槽牙的牙缝里，用牙刷和牙签挑了半天，它依然塞在那里。这时一阵重重的敲门声惊得我跳起来，打开门，又是楼下的老头子，说我刚刚砸地板了。我说我没有。他从门缝里钻进来，光着脚站在门口，对我破口大骂：你个小兔崽子，以为自己几斤几两，丫和老子顶嘴，你丫是北京人么？我连推带搡把他弄了出去，自从我们家漏过一次水到他家，他便不依不饶上来敲门。防水层早就补好了，水管口的裂缝也砌死了，他还是来，开门就骂。报过警，找过物业，物业把我拉到一边，神秘兮兮地告诉我说他独居五十年，没老伴也没子女，家里人一个也联系不上，只知道一个劲儿买房。早年还没出限购政策，他搞到手五套房，每个区一套，现在海淀的那套学区房已经飙到上千万了。房子不少，不肯卖也不肯租，一个人拎着皮包轮番住。他走后，门口瓷砖上留下了一双乌黑的脚印。我抓过抹布蹲在地上抹，抹着抹着，眼泪啪嗒啪嗒掉在地砖上。

爹要卖掉的那台电脑里，有我大学时看过的A片，给学校剧团写过的剧本，有三脚猫写给我、我写给她的情书。还有几本烂尾的小说，我已经忘了它们都是关于什么的。如果那台电脑真能打开，删除，卖掉，抹去，我的人生也许不至于像今天这样：每天在屋子里转悠，总想找到点什么，却始终不知道那是什么。

三脚猫也在这座城市，我认定她还在。不然我连留下的最后一点力气也没有了。为什么留在一座城市需要力气，我至今也想不明白。谈恋爱的时候她就喜欢说，以后咱们一定要留在这里。好像只有留在这里才能长成参天大树、结出果子似的。我和她说，人不像树，不像花，挑环境，人到哪里都能长。她说你说得不对，悬崖峭壁、戈壁滩涂、沙漠绿洲，有水和阳光的地方就有树，人可没有那么坚强。我俩空口白牙拟了好多计划，什么去昆明的大山里定居，去泸沽湖度假，到长白山过冬，再在西湖边上买个房子。最后都不了了之。我们太穷了，除了年轻的身体，什么都没有。刚来北京那会儿，白天我窝在家里写剧本，她去公园做检票员。我俩梦想着未来开一个影视主题公园，放我写的电影，用她的画做海报。现实是：晚上她下了班，哆哆嗦嗦地蜷在棉猴里，我在公园门口等她，她坐在我自行车的后座，我们再一起去吃酸辣粉或者面片汤。冬天夜晚的风冷极了，直往脖子里灌。我一只手掐住脖领，撑起肩膀，好让她躲在我身后。她一只手环抱住我的腰，棉衣袖子刚好露出一节指节，指甲缝里还沾有颜料呢。那分明是一双画画的手，却用来撕一张张的票据，再把票根放进纸箱里。

分手之后，我再不去公园了。

分手前一天是个星期日。在去森林公园的路上，我们途经一片广场，两侧搭起鸟类摄影展的宣传长廊。我俩一边研究鸟的种类，一边分享各自的咖啡。那天云很轻，浮在广场尽头的夕阳里，喜鹊停落在树梢争相鸣叫。一切都是一天中美好的样子。等我回过神来，发现我俩正走在车道上。车道和人行道的路面没有区分，也没有马路牙子或斑马线作提示。我端着咖啡，骂了一句：操。忙退回到路边。这才看见前方树木掩映下闪着红灯。等我挪回视线，一个红衣服姑娘已经倒在马路中央。我花了点工夫发现那姑娘就是三脚猫。

车流停下来，红灯变成绿灯，广场上的人乌云一样围过来，遮住了头顶那轻飘飘的云。两个保安跑过来。耳边一点声响也没有。奇怪。三脚猫的额头上擦破了皮，眼睛眯缝着，被抬上救护车的时候，我手里还举着喝了一半的拿铁。撞她的司机是个毛头小子，比我还嫩，哆嗦成一颗蛋，就差给我下跪。

他喊我大哥,喊三脚猫大嫂,后来他被保安揪住了脖领,不知道被带去了哪里。等三脚猫被推进观察室,周围真正安静下来,我才意识到自己完了,没有一丁点儿回旋的余地了。她被抛到半空中,扑通一声,不知道哪里先着了地。

我没提醒她。我没来得及。

她清醒之后只是哭,不停哭。哭的时候因为肋骨疼咧着嘴,鼻涕拉长到下巴。粥也不吃,水也不喝,电视也不看,只红着眼哭。她唯一对我说的话就是:我那么相信你。我知道她会永远记得那一幕:一个她期待过共度一生的男人,端着一杯咖啡,自己退回到安全的地方,把她一个人留在了马路中央。

我没有任何借口和能力修复她的伤疤,只能任她带着那块伤疤离开。我照例每天写剧本,期待那些剧本被人买下,拍成电影,在电影院里放映。我想象她和她的新男友吃着爆米花,吐槽我的电影,笑话我,咒骂我,逢人便说那人是个人渣。这样我会好受一些。可她只是删掉我的联系方式,搬走家里所有的东西,一缕烟一样蒸发了。我的日子变成了一座无风的空谷,没有鸟鸣,没有回音,只有悬停的脚步。时间静止了。

我不愿承认,那天她被抛到半空中的时候,我正在构思一个堪称绝妙的镜头。我没把那个镜头写进剧本——它使我恐惧。

八年过去,我早就不再做电影梦。梦总得醒。处在半梦半醒的阶段,我遇见电影院要绕路,决不会走进去看电影。我害怕一双双眼睛在黑暗里盯着那块发亮的屏幕,怕有人拍出我想拍的片子、有人比我庸俗却比我成功,惧怕在装疯卖傻的桥段里瞥见真诚的影子。我不敢承认自己无能,只能借口说是不想,不屑,不渴望。我藏起写好的剧本,不去理会甲方的任何需求,和公司解约时心里想的是:这是电影行业的损失。狠心戒掉电影以后,我开始走实用主义路线,学设计软件,编造简历,挤掉对手。我要买房、暴富,要在这里扎根,要自己刀枪不入、百毒不侵。

后面的事你们都知道了。我被辞退了。银行账户里的数字一天天跌下去,距离买房的目标越来越远。去年夏天,一个老同学鼓动我投一个理财项目,滚动式收益,两个月回本,半年净赚八万。我投了,每个礼拜五晚上八点在手机上提款,一次能提两千,提到第三次,户头再也没有进账。老同学把我拉黑,亏我上学时还替他出过头。我从新闻里知道这家公司的老总被抓了,罪名是假借售卖茶叶之名非法集资,缴获赃款一个亿。那我就是这次非法集资的受害者之一了,为了这追不回的一个亿,我贡献了自己仅有的八万块钱。

今天阳光真好,云层是乳白色的,看不见蓝天。车流像爬虫,从这城市的各条动脉蜿蜒而过。爹卖掉了我的电脑,连一千块都没拿到。妈打来电话,和往常一样,不听我说,只一股脑抱怨。也许我能理解她，年纪轻轻从南方嫁到北方，和父母看上的男人结了婚，婚前对这个人一无所知。她吃不惯北方的食物，看不惯北方的人和事。公公对她像对一条丧家犬那样呵斥，在她生下我这个"宝贝孙子"之后才稍有好转。老公一头扎进股市把家里赔了个底朝天，全家人恨不能从牙缝里抠食，没有过过一天宽裕日子。哪怕日子稍微有点起色，也照例在楼下的菜市场砍一毛三分的菜价，宁肯吃酸苹果也不买贵两块钱的。凭什么？她在电话那头问。我帮不了她，救不了她。我只是他俩生下的种，是他俩糟烂生活的延续，一个没有骨血的人。

第二天一早，我依然在七点钟醒过来。急匆匆到洗手间剃胡子，镜子里的男人魁梧却虚弱，眼睛里布满血丝。这才想起不必赶时间了。

慢悠悠下楼倒垃圾，一只流浪猫跟着我，它不吃我吃剩下的骨头，只是跟着我。这倒稀奇。楼下长椅坐着的老头老太太瞅了我好几眼，然后叽叽喳喳继续聊起来，走远了，听见他们说：蛀虫，蛀虫。

那只三色花猫随我走到没人的楼底下，坐在石阶上，陪我看天。我发现只要举到半空中，什么东西都会变得晶莹剔透，染上一层神性的光泽。我举起一只手，盯着上面的纹路和指节看了个够。娘说我生下来指甲盖只有芝麻粒大小，一只耳朵折在后面，皮肤跟烂土豆一样糙。阳光可真好，青色血管包裹在皮肤底下，红的血在其中奔腾冲涌。我的心跳和着右耳的耳鸣，如同列车穿过隧道时呼出的悠长鸣笛。脖颈喉结的左侧，两侧鼻翼的张翕，大腿内侧的筋脉，手腕鼓动的血管，起伏的胸腹。闭上眼，肉色的蝌蚪在眼幕前跳跃，握紧拳头，温热的血会回流。

我放下手。

它正在舔舐那只脏兮兮的毛爪，秃毛的尾巴根露出粉嫩的皮。我忽感到怜惜。怜惜它同我一样，都是无处可去的活物。它停下来，舌头伸在外面，爪子悬在半空，看我。它怎么会长着一张人的脸？有着人眼才有的悲悯？它为何偏偏在这时看了我一眼？

我脱下口罩，眼耳鼻全数露在外面。我不顾性命地盯着它，想起爹年轻时曾在山里迷了路，最后一条癞皮狗救了他。他养了它，自己的口粮分它吃，最后那狗叫同村的人用砖头打死，炖了吃了。

"你吃了吗？"我问。

"吃了。"他继续吸那醒脑的鼻烟壶，"不吃，人就饿死了。"

说到底，分给它吃自己的口粮，和那吃进嘴里的肉，同是一个人干出来的事。领一个陌生人下山、被这个陌生人收养，最终被一群人分吃，同是一条狗经历的事。我不信有那种道德上整全无缺的人，亦如不信世间存在逻辑上能自圆其说的哲学。

我抱了那猫，它倒也不躲。几缕毛蹭在我胳膊上，热的。我俩同是热的活物，同是这城市的乞食者，何以被看成是蛀虫。八年前，他们说我太年轻，太嫩，不成事，不值得信赖。八年后，他们又说我上了年纪，一无所成，活该。八年竟能让一个人衰老到这等地步，是我原先怎么也料想不到的。

阳光真好。那猫终于在我怀里闭了眼。

我掸掉指间和指缝的猫毛，起身将它捧到台阶上。

我做了一件不敢对自己做的事。我比它更该死。

2021.2

寻人启事

棉被做的门帘掀起，又重重落下，进来的男人脱下帽子，拍掉上面的雪，夹在腋下。他用视力尚可的一只眼迅速扫视了一周，左手的墙边垒起几箱啤酒，右手边是一面石砌的墙垛。前台、墙垛挡住的饭桌附近空无一人，台面上没有刀之类的尖锐玩意儿。厨房灶台边上只有一个女人在忙活。他跺了跺脚上的冰雪，走到背靠石砌墙垛的那桌坐下。右侧的窗玻璃被冰雪覆盖，上面结满荆棘丛一般厚厚的冰花，不知谁在与视线平齐的地方擦出了硬币大的一小块玻璃，刚好可以观察到屋外的情况。这餐馆真小，旧报纸糊成的墙面已经发黄，正中央的钟表滴答滴答走着，和前台那只招财猫摆动的频率一致。天花板四角都没有监视器。

他略微松弛下来，点了根烟，叼在嘴里。"有冰块吗？"嗓音沙哑苍老。

"桌上有酒水单,你先瞅一眼,哥。冰块这就给你拿过来。"

棉被做的门帘被掀起时,朱小虹刚把烧水壶坐上炉子。她准备趁下雪天店里没人彻底清扫一通。后厨的灶台积了一年的油渍和灰,冰箱冻住的冰一层层膨胀,煮面的大铁锅愈发乌黑。昨天公安局的两个人来,掀开布帘,站在厨房门口扫了一眼,撇着嘴离开了。她有点难为情,等警车消失在街口才缩着脖子回来,浑身上下冻了个透。

临近年关,这座东北小城犹如黎明到来前的那几个钟头,安静得骇人。不消几天,这里就会陆续涌入从省城赶回家过年的农民工、上班族、打工妹,他们大多从更南的地方回来,手里提着年货,逢人便聊起这一年的辛苦和死冷寒天的鬼天气,还有今年迟来的大雪、入冬后持续几个星期的雾霾。

朱小虹的面馆开在高速路口,七八年前还是荒无人烟的地界,只有跑长途的货车司机偶尔光顾,点两三瓶啤酒,一碟花生米,一小碗咸菜,守着暖炉打个盹,然后趁天黑前继续赶路。久而久之,朱小虹便认识了他们中的几个。

一个叫尹老三,舍了乡下的一块地,到县城公路边的洗车厂给人洗车。因为赌博欠了点外债,洗车的工资远不够还债,他四处借钱,混了三五年终于开上了货车,往返省城和县里,替建材市场运垛草和水泥,卖个辛苦钱。尹老三平时总爱一个人坐在面馆里唉声叹气,偶尔来了精神头,出去撬一台电动车、偷几辆自行车搞到点钱,不到第二天便在赌桌上赔个精光。朱小虹听人说,尹老三的大哥生下来便夭折了,二哥从小得宠,成天躺在家里不干活。有一回趁尹老三外出拉货,二哥偷睡了他老婆,被他给知道了。他抄起铁锹,打折了他二哥的一条腿,又被蛮不讲理的嫂子讹上,赔了不少钱。

常来朱小虹面馆的还有丁大眼,人长得有模有样,眼仁闪闪发亮,头发什么时候都理得板板正正。他十八岁那年进城打工,经人介绍加入了传销组织,没承想一路做到组长,发展了不少下线,收入相当可观,不仅在城里买了房,还在县里给他爹盖了间二层小楼;准备过了年娶媳妇,领回家给他爹瞧瞧,沾沾喜。年前,他爹的脑子查出长了个瘤,恶性的,住了院,没两天就进了ICU,钱一天天烧。到最后,城里的房和二层小楼都卖了,东拼西凑了不少钱。丁大眼一夜之间成了穷光蛋,头发全白了。老家有个邻居和丁大眼同岁,当年处得不错,开货车跑长途赚了不少。那邻居听说丁大眼缺钱用,介绍了个肥差给他,货车跑一趟三十万。给他三天期限考虑清楚,时间一到,若他不答应,只当啥也没发生。明知道这三十万是赌命钱,丁大眼还是一咬牙答应了。车子刚开到高速路口就被警察拦下,直接判了刑。等到从监狱出来,爹病死了,快娶到手的媳妇嫁了别人,传销的老巢早被连窝端了,十来年的奋斗和念想付之一炬。丁大眼的眼睛再没了光彩,看人直勾勾,像是要将对方生吞活剥了一般。自那之后,他就挂着这副神情,终日坐在面馆里,不点小菜,也不和人言语,只闷头喝酒,点最便宜的二锅头,有时也喝啤的。喝到付不起酒钱就趁着酒劲儿哭,说自己想好好过日子,怎么连个酒也买不起,朱小虹心一软也就作罢,垒在墙边的啤酒教他喝个够。

大老姚,因为有一米九的个头,也有人喊他傻大个。傻大个负责给货车卸货,冬天脱了棉袄,穿件轻薄的旧衬衫,胳膊肘破了洞,整天哼哧哼哧卖力气。人人都知道傻大个命硬,年纪轻轻娶过两回老婆。他和第一个老婆开车进城,在城郊的坡道撞上一头野鹿,车子打了滑,一头栽进山沟里。他额头只擦破了点皮,坐在副驾驶的老婆却被甩出车外,一头撞上护栏,当场断了气。

第二个老婆死得更蹊跷。年三十全家出门放鞭炮,不知道谁在雪地里埋了一颗碗口粗的二踢脚,露出半截,远看像是报废了的。俩人凑过去看,咚的一声,等傻大个回过神来,老婆已经栽倒在雪堆里,脸被炸烂了。医院抢救了三天,回天乏术。医生说她是面部重度烧伤,颅骨骨折,外加脑部积血。大老姚怎么都不信,明明两个人是一齐看的,前后不到半个身子的距离,怎么偏偏自己捡了一条命,好端端的老婆却像战争片里没戴头盔上战场的士兵,死得面目全非。

他哭也哭了，佛也拜了，还找人算了命，整个人却恍恍惚惚，总感觉有人跟在身后。朱小虹原本是不信邪的，直到她见他在空无一人的面馆里厉声尖叫，似真有人和他缠斗，打翻了碗碟和一只啤酒瓶。朱小虹过去喜欢倚在面馆的窗户后面，用拳头的侧面在冻了霜的窗上蹭出一小片干净玻璃，用一只眼睛偷看傻大个搬货。那个一米九的男人在寒风里撩起衣服，上下拍打着身体，皮肤冻得通红，露出结结实实的腹肌，体毛从肚脐下方延伸到看不见的地方。她常想，嫁给这样的男人是个什么滋味。结果他只顾和身后的鬼神搏斗。她想，他俩对彼此的生活于事无补。

"冰块装塑料袋儿里。"嗓门盖过了烧水的壶。朱小虹从后厨的冰柜里铲了点冰块，倒进塑料袋，提着一壶茶水走过去。"大哥，给。"

那人微微抬起头，一只手接住冰块，颠了颠，按在眼睛上。她这回看清了，他一只眼睛肿起来，只留了一条缝，深邃得吓人，眉骨凹下去，像是被什么重物击中，断成两截。他眼睛周围一片淤青发黑，胡子和眼毛上结了一层白冰，将化未化。朱小虹从桌子的另一头拿来菜单，推到他跟前："哥看看吃点啥？咱家西红柿鸡蛋面和土豆牛腩面都卖得不错。"

他握住冰袋的那只手，血已经结了痂，凸起的指节红肿得发亮。

她忙移开视线。

"西红柿鸡蛋面,加葱花和香菜。"他按了按冰袋,嘴角抽动了一下。她往杯子里倒茶水,桌上压的玻璃洒了些水,杯子滑向桌边,她伸手去抓,结果碰到了他的手。"冷吧这天儿?不知道这雪啥时候能停,可要了命了。不够暖和的话找去隔壁搬个电炉过来。"她从窗台抓过一块抹布,擦净了水。

"不冷。"他掐住嘴里剩下的烟屁股,按在桌上,拧了几下,又往地上吐了口痰;接着从兜里掏出那包烟,打火机一连几下打不着火。

"嗐,我不抽烟,店里也没个火儿,我出去给哥借个火,顺便买两个鸡蛋。"

"不用。"他紧紧盯着她,面无表情,刚拿出来的烟又放了回去。

出门求救的借口用尽了。

朱小虹从冰箱里拿出一个西红柿,放在菜墩上,又从冰柜翻出一截冷冻的大葱。她将冰箱门上的三颗鸡蛋往里挪了挪,用卷心菜盖住;取出两根香菜,洗净。她麻利地挥动菜刀,水在生了锈的铁锅里滚沸,挂面浸入水中,渐渐柔软,有了光泽。十三香、香油和少许酱油混合,散发出熟悉的香气。隔壁的老夫妻又在吵架了,她听见杂货铺的货架撞击墙壁的闷声。

这样的情景在过去七八年的时间里再寻常不过。可今天，她的右手有些不听使唤。如果不是因为快要过年，加上连日大雪，好多货车司机提前歇了活，面馆的生意不会这么冷清，说不定还有人进门要瓶啤酒，坐到打烊。现在刚到中午，距离打烊还有好些个钟头。朱小虹竖起耳朵听着外面，太想听见帘子掀起又重重落下的声音。

切好的西红柿下锅，葱花和香菜被剁成碎末，撒进面汤，香气浓郁得恰到好处。她熄了火，盖上锅盖焖上一会儿，盛了足足一大碗，深吸一口气，准备上桌。

那人在看她。她一直都知道。

后厨的门正对着大堂，门上遮挡的帘子早上刚被她拿去浸洗，这会儿还泡在洗衣盆里。她煮面，切菜，放调料，在冰箱和冰柜里翻找东西，从水缸里舀水，他都能看得一清二楚。她几次差点迎上他的眼神，几次都努力将视线放空，假装在忙。

"哥，马上就好，你别着急。"她故意高声说，假装盯着锅底下蓝色的火苗。

她端稳那碗面，走出厨房，发现他没在桌边。她三步并作两步走到桌面，放下那碗滚烫的面，看见他正在看墙上糊的一张旧报纸。

"哥，面好了。"她走到他跟前，"趁热吃，凉了可就不好吃了。"

他鼻腔里哼了一声，朝墙角的桌子走去，一条腿有点瘸，走起路来肩膀摇摇晃晃。朱小虹跟过去，从消毒柜里抽了一双筷子，搭在碗边。"哥今天对不住，鸡蛋没了，只能吃西红柿面了，尝尝咸淡。面管够。"

她在围裙上擦了擦手，走到柜台后面，从一沓菜单底下抽出那张纸，飞速扫了一眼。纸上的男人面目模糊，寸头，粗眉，颧骨高耸，右侧脖子一颗黄豆大的疣，神色漠然。

昨天来的民警还是个孩子，面孔还没长开。他例行公事一般从兜里抽出这张皱巴巴的纸，递给朱小虹："如果在附近见到这人，立刻打派出所的电话，喏，就是这个，万一没人接就打110，晓得不？""用贴起来不？""不用，留意点就行。贴起来太扎眼。"她庆幸那个乳臭未干的小伙子没把这张纸贴在那面墙上。想到这里，汗从她后颈一路向下淌，像有个虫子从衣服底下的脊背间爬了过去。

"你认得那上面的人？"她手一抖，赶紧将那张纸抽出来，塞进抽屉深处。

"什么？"他大口吃面，发出呼噜噜的响动，看样子几天没吃东西了。

"墙上，报纸上的那个。"

她能感觉到那颗就要跳出喉咙的心，又扑腾一下跌回到腹腔。

"哦，你说墙上那报纸。认得，我男人。"她理了理耳朵后的乱发，吞了口吐沫，装作若无其事。

"几年了？"他拿起桌边的醋瓶，往面汤里浇了浇。

"五年多，也不知道是死是活。"她一面说着，一面在脑子里过了一遍派出所的电话，每个数字她都记得，手机就在手边。或许可以先拨通，不讲话，只留下他俩的对话，把猜谜和抓人的任务交给警察，他们一个个都聪明极了。如果这会儿他们打来电话就好了，她会胡诌一些话，鸡蛋、啤酒之类的，暗示他们派人过来。

也许电视剧里上演的机智都是假的。他此刻就坐在离她十米远的地方，店里除了暖气走水的咕噜声和他把面吸进嘴里的声音，安静得连呼吸都听得清。

"那他跑的时候也没留个话？"

"留了，说晚上想吃牛肉汤面，我现去市场买了上好的牛肉，一斤二十块钱呢，煮了一大锅。"

"寻摸过吗？"

"咋没寻摸过，警察都找不着。"说到警察，她停顿了一下，屏住呼吸。"哥你说，一个有手有脚的大男人，衣服不会洗，饭没做过一顿，他能跑哪儿去呢？"

他放下碗筷。"再给我来一碗。"

朱小虹从柜台走出来，发现自己膝盖是软的，每弯一次腿，从筋到肉都脱了力。她努力挺起背，暗中用劲，好让自己看上去一切如常。

她把锅里剩下的面盛进碗里，端到他面前。"面有点泡软了，天儿冷，我请哥喝瓶啤酒吧，暖暖胃。"她从地上的酒筐里拿出一瓶，想象着自己铆足劲，趁那人不备，抢起酒瓶，从身后砸向他的头，血喷溅而出。他在她面前瘫倒，然后她出门，从外面用锁链子锁了店，报警。

"你俩是不是有啥矛盾，要不他咋能跑这些年。"桌上的冰块化了，留下一摊水。她把啤酒放在他手边，用瓶起子开了瓶。他停下筷头，仰头灌了一大口。

"不瞒你说哥，这面馆就是我俩一起开的。刚在一起也没个积蓄，两家都穷得叮当响。他爹是个二混子，借钱花的主儿。我娘又有肝病，药不能停。我俩商量着开个饭馆，赚点儿是点儿。没想到一开开得还挺不善。县城的人消费水平比村里高，都舍得花，面一碗卖三块四块，到现在卖个十来块，都有人买。他那会儿不知道为啥，头脑发热，非得去炒股。别人有钱炒也就算了，他没钱也炒，天天琢磨怎么发大财。我说他异想天开，他还不信。"

"后来赔了？"

"岂止是赔？都要把这店转手，换了钱炒那个破股。你说这男的是不是疯了？"

五年过去，朱小虹一直劝自己，杨全山只是因为成天不干活脑子坏了，不然怎么解释放着好好的日子不过，偏要往一个看不见摸不着的东西里投真金白银？起初以为他只是说说，没三天热度这事儿就算过去了。谁想他先是三天两头睡在外面，后来音讯全无。她每天在面馆里忙活，对于这个结了三年婚，认识了五六年的男人，她甚至不知道他每天收拾立整之后，都出去做了些啥。她不了解他，就和不了解任何一个过路的陌生人一样。

朱小虹记得，杨全山从没夸过她，哪怕是她打理饭馆累得直不起腰，洗衣服洗到两只手发皱，按时做好热乎的饭菜端上桌，还是她伺候他上床，他都惜字如金，坐享其成。她像是拴在他身上的一个物件，瓶起子之类的东西，用一根叫作婚姻的细绳栓牢了，怎么挣扎都是徒劳。唯独那天，就是他说想吃牛肉面的那天，他给自行车轮胎打气时说了句：你呀，就是太好了。因为一个人太好而选择跑走，是朱小虹这五年都解不开的谜团。

"你知道婚姻最伤的是什么吗？就是这个人跑了，没了，你还照常过日子，地球照转，太阳照常升起。就和没这个人一个样。"

"我看你也没多大，想得倒挺明白的。"大约是喝了酒，那人半边正常的脸上开始有了神采,红扑扑的,眼神也柔软了许多。

"你这伤得也不轻啊,得去医院好好包扎一下,不然落下个病就不好办了。"朱小虹趁机说,又开了瓶啤酒给他。

帘子掀起又重重落下。朱小虹一个激灵,按捺住发了狂的心跳,收走桌上化掉的一袋冰块,放进水池里,袋子上沾的血在池底荡开来。她洗了手,转身看见傻大个儿走进来。

"这天儿,绝了。"他一屁股坐在那人的邻桌。"虹姐,来碗面。"

朱小虹整了整围裙,打起精神。"还来香菇鸡肉的?"

"妥。再来瓶二锅头。今儿个下大雪不走货。"

"可不吗,今儿雪贼大,多坐一会儿。酒算姐请客了。"朱小虹走到柜台后,撕下一张点菜的单子,用圆珠笔写了一行小字:有罪犯,别吱声,出门报警。纸折成小片,塞进围裙兜。她到后厨煮面,余光见那人已经撂下碗筷,正目不转睛盯着傻大个,完全没有要离开的意思。

"虹姐我听一朋友说,县里有人砸了金店,还杀了个人。那个被劫的倒霉蛋,脑袋叫人开了瓢,你听说没?"嗓门大得让人发冷,没法假装听不见,朱小虹打了个哆嗦,喊道:"你瞎嘟囔什么呢?我可和你说啊,你别喝了酒在我店里撒酒疯,小心给你扔大街上冻死你。"

她抽了一沓餐巾纸，刚刚写好字的纸片夹在里面，跟那碗面一起送过去。她和傻大个儿对了对眼神，然后侧过身，避开那人的视线，轻轻敲了敲那沓餐巾纸。

她疾步走回后厨，紧咬着嘴唇，几乎快要哭出声来。那是怎样天真的眼睛呵，望向她的时候简直像年幼的儿子在看她，坦诚无辜。她定了定神，送去了一瓶二锅头和小酒盅。

那沓餐巾纸纹丝未动。

"虹姐，前两天拉货，你猜我遇见谁了？"他没用酒盅，直接往嗓子眼灌了一口，被酒气激得皱起了整张脸。

"谁？"

"瞅着怎么有点像老杨呢。就在十里外的养猪场。但我估摸不准。哪天雪停了拉你去瞅一眼？万一是呢。"

傻大个见过老杨，那时候他才娶第一个老婆，刚满二十岁。他还没傻，聪明得要命。他和老杨玩得来，常在一起下个象棋，喝两盅酒，神侃一晚上，讲的都是飞机制造和美苏冷战，朱小虹听不懂。自从杨全山失踪，傻大个就开始四处寻摸，人也问了，关系也用了，直到他自己的生活应付不暇，才慢慢死了心。

"我就说人没事儿，死不了。你还不信。"她应该信，还是不应该信呢？如果杨全山那副浑身骨架的精瘦身板，切切实实死在她面前,她会不会反而更心安?如果傻大个也知道他死了,会不会就能懂她的话里有话了呢?当她趴在窗后盯着他看的时候,他有可能察觉到她的心思吗?

"算了吧。他不回,我也不找。过了年都六年了,只当没他,一个人没啥不好。"朱小虹瞟了一眼那个人,他上了酒劲儿,松弛下来,斜倚在椅子上打起了盹。她掀开那张餐巾纸,露出字条,用眼神示意傻大个。

"你刚才说什么?"二锅头没了半瓶,一眨眼的工夫。

"我说,一个人也没啥不好。"

"姐,我就不懂了,杨哥对你多好,你咋想的到底?我这都死了俩了,想着咱也别耽误人家,但谁不想娶个老婆,顺顺当当过一辈子。谁想这么东跑西颠的,挣那两个半钱儿还低眉顺眼。"他说的话尽是酒精味,朱小虹下意识避开了,那人又被他这一通喊吵醒,继续直勾勾盯着他俩看。

"哥对不住啊,他嗓门大,你先睡会儿,我去给你续点热水。"

那张旧报纸登的照片里,老杨的头发还是她给剪的。自从儿子被理发店的大狼狗咬伤,得了狂犬病一命呜呼,他俩就再不去那里了。她尤其讨厌劣质染发剂的气味、店里循环播放的欢快的网红歌曲,讨厌大狼狗留下的小崽子在脚边转悠时她心里那股莫名其妙的屈辱感,还有开店的秃顶男人一见她就哭丧着脸。

大狼狗也杀了,钱也赔了,儿子没了,他才不到三岁,走的时候床单一裹,烧得渣都不剩,仿佛三下两下就烧回了她的肚子,烧回一切悲剧的起点。她站在那里等他。她烦透了等待的滋味,徒劳地等儿子死而复生,等出走的丈夫回来,等小店哪天被扩张的高速路挤占,拿到政府赔的钱,等店里受了诅咒的男人发现那张隐藏的字条,等那个受了伤的陌生男人醒来后离开。

傻大个自顾自喝着二锅头,似打定主意一醉方休,时而望向窗外,目光空无。高速路车来车往,人行道无一人走过,大雪紧紧纠缠着这座小城,仿佛一夜过后万物皆成废墟,尽数掩埋于暴雪之下。今天原本有趟活儿,因为大雪临时改了期。他又想去养猪场找老杨,上回手里有活,没来得及下车招呼。假如找着了,也不问别的,就喝酒吃肉神侃,日子照过。

他知道的事太少,只是听人说,老杨和虹姐俩人既不算过得糟烂,也不算过得幸福。吵吵闹闹是有的,绕不过去的坎儿也不少,比如那条可疑的大狼狗,好几年都温顺,怎么突然就咬死了人,偏偏是小杨被扑倒了。老杨力气虽小,好歹是个大人,为啥没救下自己儿子。他是怎么都想不通的。

傻大个知道的事也多。比如自己并不是真的疯傻,只是怕看见虹姐柔软的眼神。他太熟悉那种感觉,一个女人,相貌尚可,待你也不错。你本来只喊她嫂子或姐,别无他想。突然间这样的女人开始注视你,用眼神织成一张硕大的网,织得如此绵密,网眼又小,叫人逃无可逃。自从老杨杳无音信,这网越收越紧,紧到他透不过气,生怕自己一闪神就跌入其中,万劫不复。这样等老杨回来,他将无法交代,变成彻头彻尾的叛徒。所以他害怕她的一切暗示,她无意间触碰他的手臂,她透过窗子注视,她为他烧暖了炉火,她请他喝酒,替他剥好花生豆,她在面里多加了他最爱吃的醋,她故意在那沓餐巾纸里放了些什么。

他清楚得很,一旦他妥协了,松弛了,就再没有回头路了。

"大姚,你自个儿琢磨啥呢?"她来了。

"我该走了。天黑之前还得赶到下个县城。"没有这回事。他喝完最后一口酒,从兜里掏出两张纸币放在桌上,抓起大衣往外走。她伸手拉他,隔着厚厚的毛衣,他都能感受到她指尖的冰凉。他微微迟疑,侧身挣脱了,掀起门帘消失在茫茫雪地的尽头。

朱小虹站在原地,门帘掀起时凛冽的冷风一股脑涌进屋子,之后又恢复温暖。门外白色的大地多安全,多安静,而现如今最后一丝希望也被他一并掳走。她转身,走到桌前,将那沓餐巾纸塞进围裙兜里。她端起喝得汤都不剩的面碗和空酒瓶。冰凉的水打在手上，碗底的油星泛上来，她直愣愣地站着，汗溻湿了内衣，后背发凉。

她了解这种感觉。那一年，死去儿子的后髋上，有一排狗的牙印，穿透了背带裤和细嫩的肉扎进来的，得有多疼啊。她从他小小的连裤兜里，发现了一截火腿肠，她断定那是杨全山背着自己塞给他的。她哭得失去理智，却不敢问他真相。真相一旦戳穿，就没有回头的余地了。她是那种喜欢留点余地的人，这样才能和惨淡的生活长久斡旋。

"你家男人找着了？"他睡醒了。

她快手刷完碗，沥了沥水，放进碗架。"哪有那么容易的事儿，要找早找到了，要回早就回来了。"

"那你咋打算的？"

"我咋打算？轮得着我打算么？就这么着呗。我开我的饭馆，他走他的。"说这话的时候，朱小虹鼻腔涌上了酸涩的东西，像是眼泪，但终究没有抵达眼角。五年都过来了，有什么非得执念的，一个男人而已。

差不多两个月前，元旦的前一晚，丁大眼在这儿喝了一晚上的酒，喝醉了，非拽着她，说以后要娶个她这样的老婆，有奶子有脑子，还知道伺候人。她望着他花白的头发，凄然笑了。从小就是这样,因为懂事被夸奖,邻居见面便说要娶她这样的女孩当儿媳,她不懂儿媳的意思,只当是好事,喜滋滋笑。后来又因为懂事,主动把上学的机会让给了弟弟,结果弟弟逃学、打群架、被开除,她也只能眼巴巴看着别人家的孩子上大学。再后来她嫁了个没什么感觉的男人,成了懂事的媳妇。她不多嘴,不过问,不抱怨,不委屈,只埋头干活。直到他离开。

丁大眼把手放在她腿上,哭丧着脸说:"我是认了命的人,你不能,你得打回去,那样才有面儿,听着没?"

她不知道他在说哪件事。但她的确是想"打回去"。

那晚,送走了酩酊大醉的丁大眼,面馆变成了没有生气的墓地,灯忽明忽暗,炉火烧尽了,灶台一片狼藉,桌上的假花落了灰尘,窗子上的冰霜结了厚厚一层,屋内屋外被隔成两个世界。朱小虹站在这个世界的一角,莫名觉得滑稽:她为什么从没想过也做个逃犯呢?

她自小就仰慕行侠仗义的侠客,手里攥着人命,沾过鲜血,不管不顾,一身武艺。她不知道这幻想从何而来,总之它就在那里了,仿佛自她出生就在那里了。杨全山从未给过她半点温存,他对付她的办法一目了然,要么不吭声、装死,要么怒吼着挥舞拳头。

她被他揍过几次。一次是她隔着玻璃偷看大姚被他撞见,一次是她夺走了他给儿子的小零食，另外几次原因不明，她只是被按在床上揍罢了。她蜷起身子护住脑袋，头发被拎起来，再抛下，肋骨被锤子一样的重物击中。她分不清拳头从哪里来。她哭了吗？不记得了，只记得那天失了声，止不住颤抖。他聪明地避开了她的脸和脖子，避开了露出袖口的手腕。第二天她照常煮面洗碗，而他嗑着瓜子啃着鸡爪和过路的人聊起中东的战争和无人机。

他也揍孩子，用拖鞋、晾衣撑之类的物件抽打。打完后给他点好处，火腿肠或是大红枣，像控制她一样操控那孩子。可是这些，在他们刚刚在一起的时候，她怎么会知道呢？面馆人来人往，那么多双眼睛，不会有一双眼睛注意到她正咬着牙、忍着痛切菜，注意到她高扬的语调里死心的悲哀，还有他老实巴交背后的残暴。她能怎么和人说呢？说他先扇了她一顿，再操了她？说他骑在她身上，拳头比铁还要硬？说他的懒惰其实是打她花光了气力？

在那没有生气的墓地般的面馆，朱小虹蹲在地上，哭得天昏地暗。"杨全山你给我听着，如果我朱小虹犯了错，我没话说，但我没错，你却像个禽兽，然后白天戴上一副假面具给人看。结果你跑了，不管你是找了别的女人，还是在打什么小算盘，这事儿不能就这么算了。"她心里有个声音在发狠。

她踉跄起身，挑了把用得最顺手的剁肉刀，在磨刀石上来回磨得飒响。她曾拿这把刀吓退过劫店的匪徒、饿极了的大狼狗、黑夜里闪过的不知名的暗影。如今她要用它结果了那个制造恶果的男人。这样的念头一旦被唤起，就再也无法平息。过去这些年，她一面渴望、一面恐惧，这把刀需要斩断的，不光是他的脖颈，还有她焦灼不安的生活。她不甘心他轻而易举死在荒郊野外，死在无人到访的泥塘、山崖，死在另外一个女人的床上，或是被一辆失控的汽车直接带到生命终点，她想一刀一刀挥向他，为了这么多年的忍耐和苦涩，为了等候多时的复仇。

当她借着暗黄的灯光，再次注视多年前贴在墙上的寻人启事，一切都变了。她找到他，不是为了再度成为他的妻子，遭他毒打，不是为了让这家面馆重新焕发生机，添些生意，而是为了当面质询，然后挥刀杀死他。她一次次在半夜惊醒，大口喘气，被临上战场前的兴奋和忧虑两相折磨。她一次次将那把刀磨得雪亮，甚至将辣椒末撒在轻薄的刀刃上，想象将他的拳脚变成砍杀加倍奉还。她所需只是他的出现。

"夫妻一场，谁料到最后成了这个屌样儿。"那人深叹了口气，身子斜靠在暖气片上，透过一只眼睛望向她。"你不好奇吗？"

"好奇啥？"

"好奇那个人是不是他，还有，我是谁。"他醉了，她想。

"来吃面的，来的来，走的走，都是客。你是谁，和我没半毛钱关系。"朱小虹恨眼下这个人不能立刻从她的店里消失，免得她多费口舌。然后她会赶在年关之前，趁着夜色潜入那个养猪场，像对待一个牲畜那样完成她的复仇。

"别看我只有这一只眼睛好使，但我看人比谁都真亮儿。你还惦记他呢吧？不然一张寻人启事怎么挂了这么长时间。"

北方的冬天，黑夜来得迅速。天色渐暗，公路延伸所及的远方天空镀上了一层橘粉色。万物寂静，除了风吹过雪地留下的呜咽。朱小虹给自己盛了一碗面，坐在他面前，又为自己开了瓶啤酒。奇怪的是，她并不感到害怕。反正是要同归于尽的人生，多一段少一段没什么差。她大口嚼着面条，往嘴里塞了半瓣儿生蒜，三两下喝完了一瓶啤酒。

"她说她想在电视上看到我。"

"你说什么？"

"结婚那天，我和她承诺会大富大贵，她说她不在乎。但两个人日子过得久了，她老觉得没意思。过日子能有什么意思呢？顶多就是吃了上顿再吃下顿，挣个钱，买个房，生个娃，顶天了。她过生日那天，我给她下了碗面，没你这煮得香。我问她，你有什么愿望。她开始没说话，后来跟开玩笑似的，指了指饭桌上的电视说，在这里头看见你一回。"

"我没明白。"

"她爱看新闻,人家中了彩票,得了什么奖,出了名,和她八竿子打不着的,她都跟着高兴。我说你一个小学都没毕业、在县城给人按摩的人,跟着瞎起什么哄。"

"给人按摩?"

"跟着个什么人学了几天,就去给人家打工了。她会按什么啊,穴位什么她都不懂。我都明镜儿似的,都是那些个有点闲钱的男的,日子过腻歪了,去找个小姑娘,摸摸这儿摸摸那儿,图个新鲜。她开始回家还哭,后来皮实了。我不让她干了,她后来出去找,送快递、洗车、开货车、杀猪她都干不了,嫌累。剪头发、做美甲她笨学不会,转了一大圈又回去了。回去就回去吧,摊上个倒霉老板,为了钱真让她卖身。"

"啊?怎么会这样?"

"我以为她只想让我中个彩票,赚点钱,我以为她只认钱。就拼了命买彩票,一次也没中过。"

"那她啥意思?"

"那天晚上她跑回家,脸上妆都花了,哭着说让我上电视,说恨死那个老板,为了一个家里开店的有钱人,就把她给卖了。我才明白上电视的意思,不是有了钱出了名,那个我也做不到。上电视的意思是为她出口气,日子才有指望。"

"所以你——"

"我是个粗人,真的。但凡你知道的活儿,我都做过。当初结婚那会儿,想着养个孩子,把他送出县城、送进大学,就烧了高香了。你猜她怎么说?她说,咱俩小时候想不想上学,想,最后上了么?门儿都没有。我说你啥意思。她说,人各有命。我当时年轻,根本不懂她在说什么。"

"人各有命。"

"她虽然这么说,还是不信命。我也不信。看她哭花了脸,我不知道怎么突然就开窍了。妹子你说,假如咱命里注定穷一生,谁不想拼拼看呢。"

"嗯。"

"我杀了人。"他突然压低声音,胡茬微微颤抖。

她抬头看他,直望向他的眼睛。"是吗?"她轻声说。

"你可以报警,反正我也没想活。"

"那她怎么办?"

"她?那天晚上趁我睡着,她把自己给吊死了。你说怎么会呢?她好端端的人,不声不响地走了。从那之后我就再没在夜里睡过踏实觉,总觉得她还在似的。"

"怎么会……你报过警吗?"

"报过,尸检说自杀,别的没说。县城这点事,不说也都知道。我打听了,祸害她的是开珠宝店的,据说他爹上头有人,关系硬。我没钱,打不起官司,就算打官司,这事儿也没个整。我就直接杀进了店,开了他的瓢。"

朱小虹给俩人各开了一瓶啤酒。俩人都不说话,默默往嗓子眼灌酒。

"哥,咱俩都是被生活戏弄的人呐。"这不像是她能说出来的话,但她的确就是这么说的。

他不作声,拿起帽子扣在头上,从兜里掏出几张沾了血的钱,丢在桌中央。他从座位的缝隙中抽出身子,掀起门帘,慢慢走向雪地。

暴雪中,朱小虹隐约看着他消失在公路尽头,雪地上没留下半个脚印。她转身回到店里,打开窗子上的霓虹灯,艳红的"新年快乐"孤独地闪烁着。她将那把锋利的菜刀收进橱柜,揉碎了柜台上那张皱巴巴的纸。

打开电视,新闻显示的监控画面中,一个渺小的黑影直冲进空无一人的珠宝店,徒手砸烂了所有玻璃展示柜,将项链、手镯、柜台里的所有物件通通倒在地上。他像个被激怒的狮子,横冲直撞,漫无目的。正当他发疯的时刻,一个男人走进来,一拳打在那轮黑影上。两团黑影扭打起来,一个倒下了,一个离开了。渺小的黑影消失在监控摄像头里。

报道说,有人蓄意破坏,目击者身受重伤,目前已脱离危险。当地警方开始调查,请群众提供线索。

朱小虹关掉电视，撕下墙上的寻人启事，像是和过去诀别。

2019.12

后记

2018年，我完成了第一部小说集《我们的庸常生活》十二个短篇的创作，其中的作品大多和家庭生活有关，发掘的主题也是人的关系，比如夫妻、恋人、母子、母女等等。在这部小说集从签约到出版的漫长时间里，我一边焦心地等待，一边开始寻找新的创作方向。

之后我从报社离职，结束了疲惫的记者生涯，但对社会新闻事件的热情还远未散去。在查证这些事件走向的过程中，我试图去了解新闻报道背后的东西，比如：身处事件漩涡中心的人是怎样应对的？他们做出了哪些选择？哪些细节影响了事件的走向？一系列的偶然巧合，最终如何影响乃至决定了一些人的命运？

我尤其着迷于"消失"的人——被一笔带过的人，隐藏在事件背后的人，困于此地而不被知晓的人，从各种记忆中抹去的人。于是断断续续写了十余篇姑且可以称之为小说的东西，原意是想展现人性的复杂、不同的人在不同的情境之下如何做选择。结集在一起却发现，这些故事写的无非是一个又一个受伤的人；其中牵涉的社会议题包括：性侵犯与性骚扰、老年焦虑、高考黑幕、中年危机、校园霸凌、家暴、年轻人的生存现状等等。当然这些主题并不是事先预设的，而是在写作的过程中逐渐发掘、成型的。

玛格丽特·阿特伍德在写《使女的故事》时，始终坚持这样一个原则：不在书中放入任何詹姆斯·乔伊斯称之为历史"噩梦"中不曾发生过的事件，或者任何尚不存在的科技。因而《使女的故事》里的每一个字，都曾真实地发生过。我同样认同埃莱娜·费兰特在《页边和听写》中表达的立场："无论能力多少，我们创作小说不是为了让假的看起来像真的，而是为了通过虚构，以绝对的忠诚说出最难以言说的真相。"我深知自己技艺浅薄，不足以抵达这两位曾予我以启迪、引领我写作道路的女性作家的高度。但至少，我尝试过了。

从 2019 年我写下第一个故事起，现实世界经历了天翻地覆的变化，令人始料未及。我自己也接连经受了一系列生活的变动，搬家、生育、亲人离世、失业……小说中写到的情节，不再是停留在纸页的虚构想象，而成为日常需要应对的真实课题。在无法出门的日子里，人的感官经验被改写，感知中的时间和空间发生了扭曲和变形。正是在诸多极为苦闷的时刻，写作给了我一个纾解情绪的出口。

王安忆在《小说六讲》中讲："我必须有一个强大、更合理、更有说服力的文字世界，才能抵抗当时所处的这个灰暗、让人打不起精神、平淡无意义的世界，这可能就是我们写小说的人的内心驱使。"这也恰恰是我写下这些文字的原初动力。虽然假如今日再让我写同样的故事，我大概不会以这样压抑和绝望的笔触来写。我比剧中人更期待看到一个希望尚存的结局。

是啊，写这本书的时候，我又怎么会想到，这些文字同我们的生活一样，漫无目的地漂流、悬停、等候处置。从2019年写下第一个故事起，五年倏忽而过，书稿竟再一次奇迹般回到了我手边。"唯愁书到炎凉变，忽见诗来意绪浓"，叫人不知道该以怎样的心绪去阅读和理解它。因为现实的残忍已远超出我的预料，我有限的想象力在这份残忍面前不值一提。我再也没有写出一篇小说。

小说中的人物在一番兜兜转转过后，似乎也回到了原点。

可是，一切都已改变。

2024.10
于北京

图书在版编目（CIP）数据

一个中年人决定出逃 / 张畅著. -- 北京：九州出版社, 2024.12. -- ISBN 978-7-5225-3418-3

Ⅰ. I247.7

中国国家版本馆CIP数据核字第2024HT1827号

一个中年人决定出逃

作　　者	张　畅　著	
责任编辑	周　春	
出版发行	九州出版社	
地　　址	北京市西城区阜外大街甲35号（100037）	
发行电话	（010）68992190/3/5/6	
网　　址	www.jiuzhoupress.com	
印　　刷	天津雅图印刷有限公司	
开　　本	880毫米×1092毫米　32开	
印　　张	8.5	
字　　数	150千字	
版　　次	2024年12月第1版	
印　　次	2024年12月第1次印刷	
书　　号	ISBN 978-7-5225-3418-3	
定　　价	42.00元	

★ 版权所有　侵权必究 ★